散文卷

主编 凌翔

坐看云起时

江寒雪 / 著

天津出版传媒集团
天津人民出版社

图书在版编目 (CIP) 数据

坐看云起时 / 江寒雪著 . -- 天津：天津人民出版社，2021.10
（当代作家精品 / 凌翔主编 . 散文卷）
ISBN 978-7-201-17686-4

Ⅰ . ①坐… Ⅱ . ①江… Ⅲ . ①散文集 – 中国 – 当代
Ⅳ . ① I267

中国版本图书馆 CIP 数据核字（2021）第 188234 号

坐看云起时

ZUO KAN YUN QI SHI

出　　版　天津人民出版社
出 版 人　刘　庆
地　　址　天津市和平区西康路 35 号康岳大厦
邮政编码　300051
邮购电话　（022）23332469
电子信箱　reader@tjrmcbs.com

责任编辑　岳　勇
封面设计　张瑞玲
封面插图　张瑞玲
主编邮箱　jfjb-lx2007@163.com

印　　刷　三河市金元印装有限公司
经　　销　新华书店
开　　本　710 毫米 ×1000 毫米　1/16
印　　张　13
字　　数　200 千字
版次印次　2021 年 10 月第 1 版　2021 年 10 月第 1 次印刷
定　　价　45.00 元

代序　撑一片柳荫传久远

我的家乡在无锡农村。那是典型的江南水乡，河网纵横，湖泊密布。人家全都坐北朝南或坐西朝东，临水而居。村庄被树木竹林笼罩着，前面是广袤的田野；后面流淌的小溪隔着的，往往是桑田之类的高岗地；再外面则又是一望无际的田野，与蓊郁着树木竹林的村庄了。

我的父亲母亲、爷爷奶奶们，还有四邻八乡的乡亲们，就这样世世代代地生息繁衍于这片土地上。在童年的记忆中，他们全都过着鸡鸣而起、日落而归的生活，除了酷暑与隆冬时节，一年四季几乎都在土地上劳作着。那是个物质生活极其贫乏的年代，乡亲们的劳动所得，首先得完成上缴公粮的任务，剩余的才被生产队按工分计酬，分配到各家各户，以满足果腹与蔽体之需。即便如此，我的父母亲与别的乡亲们一样，还时常让全家陷入青黄不接的窘境。每到春夏之交，小麦还没成熟，可我们家的米缸已经底朝天了。好在自留地上的土豆此时已经又圆又大，母亲便让我们挖来充饥。

自然，大人们生活的艰辛，给我们这些孩子投下了浓重的记忆的阴影，时至今日，那些饥饿的情形，还时常会幽灵般的浮现在我的梦境中。

但在当时，懵懂的我们还是忘乎所以地尽情地玩耍着。那时，我和村上的小伙伴们，除了夏收与秋收的农忙季节给大人们打打下手之外，其他时光便野在外面玩。春天到了，枯槁了一冬的草木次第吐绿泛青了，河水也清亮起来了。我们就提着小木桶，沿着村上每家每户后门口的石阶，下到河滩边去，一边相互泼水嬉戏，一边摸螺蛳、挖河蚌。累了，就坐在石阶上，说些不着边际的胡话。此刻，头顶有一条条柳丝垂挂下来，青翠鲜亮，在微风中袅袅地晃悠。再顺着河沿向左右两边望去，居然飘飘荡荡地全是袅娜的柳条，仿佛村上那些大姑娘小媳妇们临水洗濯的长发。一时间，像发现了新大陆似的，我们全都惊喜万分：原来，这些新柳们，已然先于榉树、榆树之类的别的乔木们，给我们带来了新春的希望，并在渐热的天气里为我们撑起了一片片绿荫了！于是，我们便猴子似的纵身跃到几棵粗壮的柳树上，折下几枝柳条，顺手插在河滩上。

转眼已是盛夏。实在难耐酷暑的煎熬，我们这些乡村的野孩子便整天泡在村后的小河中避暑。玩跳水，捞水草，捉河虾，网鲫鱼；一时兴起，还会到河对岸别的生产队的西瓜地里偷几个碧绿深青的大西瓜回来，然后赤身裸体地聚坐在水边的老柳树荫下解馋。这时，我们惊讶地发现，身边的河滩上，我们春天扦插的那些柳枝，竟然都已成活了！有的还长出了斜枝，俨然是一棵棵小柳树了！我们不禁万分惊叹起来：这些柳树们，居然能落地生根、遇水成活。这是何等强大的生命力啊！待到来年，它们一定会长成一棵棵像模像样的新柳树，在河边袅袅了；而且也能像别的柳树一样，支撑起一片片绿荫来呢。

就这样，这些故乡的柳树们日夕陪伴着我们，成了我们童年生活中不可或缺的一部分。现在想来，故乡的柳树其实是无处不在的，河边溪畔、田间地头，乃至高岗野地，都有它们的身影；普通得如同我们的父老乡亲。它们不择环境，只要有土有水，便能自由自在地蓬勃生长；它们皮肤黝黑粗糙，材质稀松平常，也许永远都成不了什么栋梁之材。但是它们活得真切而实在。炎炎夏日里，它们在田岸边撑起一片荫凉，供劳作间隙的乡亲们歇息。刮风下雨天，它们于通衢大道旁张开伞架似的枝干，为赶路的人们遮风挡雨。

后来，我外出求学、教书，在诗书中又时常会遇见柳树们的身影。“柳条折尽花飞尽，借问行人归不归？”“春风知别苦，不遣柳条青。”借柳抒发离情别苦，成为古时诗人们的惯用手法。这生活中普普通通的柳树，俨然成了一种文学意象。到了唐代，甚至还形成了折柳送别的风俗。“昔我往矣，杨柳依依；今我来思，雨雪霏霏。”至于这《诗经》中的柳树，更是美好家乡与青春岁月的象征物了。其实，它们就是文学天地里的一片柳荫哪！恒久传播，至今，至未来。

那么就让我的这一叠文字也化作一片柳荫吧！

江寒雪
于庚子年立夏日

目　录

第一辑　乡忆篇

第二辑　亲情篇

第三辑　风物篇

第四辑　悟道篇

第五辑　品史篇

第一辑　乡忆篇

月出南山坳

秩秩斯干，幽幽南山。

这是《诗经》里的句子。这南山地处何方？不得而知，恐怕它只矗立于故纸堆里，矗立于世世代代学子的心里。而故乡的南山却永远苍翠于我的心海里，任时光流逝而永不褪色。

南山耸立于村子的前面，斜斜的两脉山体横亘东西，绵延数里；高耸的几个山头直指苍穹，山岚萦绕，颇有些扑朔迷离之气。山上树木竹林终年叠翠，鲜花佳果四季飘香。童年的记忆中，它是母爱般的依靠，童话样的世界。因了它，我那寂寞的童年生活便平添了几分色彩，喧响出些许音籁。

两脉山体在南山的西北处交叠，兀然成峰。于是，山体呈 V 字形向两边悠荡开去，朝南形成了一片巨大而幽深的山坳。就在这山坳的最深处，V 字形的底部，坐落着一座庙宇，黄墙黑瓦，与它背靠的山峰一样巍然森森。高大的青石门楣上方，镌刻有“明月庵”三个隶书粉金大字，古朴凝重，没有落款。让我们这些孩子万分惊奇的是，庵堂正中的大殿里供奉的并不是在别处惯见的观音菩萨或红脸关公之类，而是一尊束发长须、衣袍过膝的尊者，一如发黄的古旧书卷里先贤的形容。虽然与整座庙宇一样，由于年久失修，这尊神仙的脸面和身体早已被岁月的风尘锈蚀得斑驳陆离，甚至连斜搭于膝盖上的右手指头也掉落了一根，但其坐姿端庄，面容沉静，浑身透出一股凛然之气！我们这些平时调皮捣蛋的孩子，每每来到他跟前便肃然伫立，大气都不敢喘一声。两旁荸荠色庭柱上悬挂有一副楹联："明月照南山，恩德泽八荒。"仿佛是给这个正襟端坐于面前的谜一样的尊者作了一道语焉不详的注解，让我们这些乡野蒙童似懂非懂。有几个孩子出于好奇，问遍了村上几乎所有的老人和小学校里的老师，答案都是含糊其词。后来，孩子们也便不再追问，但心头却总像揣着个谜团似的。

紧贴在大殿西侧的是配殿与厢房，现在却成了一所村小的校舍；而西侧那个沿着山坡而建的花园，则成了学校的操场，我们游玩打闹的所在。庵前一望无际的是郁郁葱葱的桑田。据老人们说，这儿原本是一片野树林，与两边的山坡融为一体，荆棘丛生，黄鼠狼、野兔子出出进进，灰雀子、野山鸡吵吵闹闹。农业学大寨那会儿，整田平地，才改造成现在这样子。桑田两边紧贴着山脚的是两条弯弯绕绕的土路，直通山外的村村巷巷。奇怪的是偌大的一片山坳里居然没有一户人家，更不必说村庄了。老人们说，这是因为明月庵的缘故。乡人们敬畏神明，不敢以世俗生活惊扰这方清静之地。不过到了我们孩提时，这儿却格外地热闹了起来。

明月庵里的村小有三个年级，却才两个班，分别为一个一二年级复设班与另一个三年级班，共五十来个学生。教师也就三个。一个公办老师兼校长；两个民办老师是附近村上的农民，教书是他们的兼职。校长是位三十出头的女教师，有个很雅致的名字，叫作沈为之，长得白净标致。附近四乡八里的人们，不分男女老幼，都亲热地称她为沈老师，而且大家都知道她是从县城里下放来的，写得一手娟秀的毛笔字。至于她怎么会来这里的？身世、经历怎样？却如同庵堂里供奉着的尊者一般，谁也不知道。大家只是隐约地感觉到，沈老师似乎跟一般的老师不一样，有学问，有办法，在县城里也有着什么背景。

我们的教室就设在配殿内，这儿本是庵堂住持做功课的所在，现在住持还俗成了校工，每天做饭扫地管后勤；其他尼姑也都四散了。这是个规模形制仅次于大殿的建筑，高大轩敞，方砖地，白粉墙，进深有七架屋，东西两面各用杉木板隔出两条黑咕隆咚的陪弄，用以堆放杂物。偌大的屋子中央稀稀落落地摆放着二十来张课桌，独吊吊空荡荡的。春光明媚的季节，我们二十来个孩子跟着沈老师摇头晃脑地读着书，书声琅琅，抑扬顿挫，一如当年尼姑们的诵经声。待到写作业的时候，屋子里却又静谧得出奇，外面山林里风吹树木的萧萧声传来，有一阵没一阵地，仿佛水面上的层层涟漪漾到耳际，旋即又一圈圈飘荡开去，直至消散于遥不可及的远处。此刻，沈老师往往一改平日里和蔼可亲的样子，侧身背对着我们，静静地注视着门前苍翠起伏的山峦，若有所思。她乌黑的短发于脖颈贴耳处微微向上翻卷，恰到好处地勾到嘴角边，双唇微抿，眉山略颦，目光中透出几许淡淡的莫名的忧伤。在我们这些少不更事的孩子们眼里，沈老师简直就是一位下凡仙女！一束阳光沐浴着她的周身，把她美丽的身影定格在我们面前，定格在我们的记忆深处。

配殿的后门直通后面的天井，以及天井后面的厢房。天井的东侧有一个月洞门连接着大殿后面的天井及其厢房；西侧为一堵高高的山墙，与大殿东侧的山墙相对而立。天井里花木扶苏，青砖铺地，卵石筑道，青苔弥漫，别是一番生机勃勃的景象。春桃夏荷，秋桂冬梅，常年缤纷，四季流香。有几杆修竹笔立于西南角，天风乍起，竹摇清影，萧萧作响，好像是对着自己孤独的影子絮语着什么。天井中央有一口水井，青石井栏被岁月的绳索勒出道道深深的印痕。井水清冽，俯身探望，发出古铜色般幽幽的光亮。每当我们望见那口幽幽的波光，心里都怵怵的，迅速逃遁。井上覆盖着一架葡萄藤，春夏季节，满架青绿，密密地垂挂下一串串晶莹的葡萄来，诱人地摇曳着。课间的时候，这儿可是我们的游乐地，捉蜜蜂，追蝴蝶，粘知了，寻蟋蟀。最有意思的是观赏蚂蚁大战，墙脚边、树根旁，两群蚂蚁常常会因为抢夺一具金龟子的尸体而厮杀得天昏地黑，尸横遍地；最后，战胜的一方则会排着整齐的队伍，扛着战利品，浩浩荡荡地收兵归巢。有几个玩着玩着便开了小差，偷偷地溜到葡萄架下，纵身一跃，摘下一颗半青不熟的葡萄塞进嘴里；然后没事一般躲到一旁，咂着嘴巴享受起那酸酸涩涩的滋味。后厢房内东为灶间，西是沈老师的卧室，收拾得干净整洁。我们虽然调皮，但从不敢贸然闯入。

这年暑期前夕的周末，沈老师回了趟县城，返校时带回了一纸印有县革委会大印的红头文件，说明月庵是国家文物，严禁反革命分子搞破坏捣乱。从此，明月庵大殿的大门便总是关闭着，并贴上了保护封条。那尊端坐于大殿正中的神像，在我们这些年幼的孩子们心中也愈发地神秘了。

暑期的时候，村民们都忙着夏收夏种，唯有我们这些孩子却闲得发慌。一日黄昏，我们这群在外面闯荡了一整天的孩子竟突发奇想，说是要去明月庵探看一下那尊神像。四下里一片静寂，落日的余晖洒满山林，金光灿烂，苍蓝的天底下，黄墙黛瓦的明月庵显得格外地庄严圣洁。归鸟纷纷，在低空划过一道道弧线，又迅疾地落入山林；旋即，满目苍翠的山林里便东一摊西一摊地飞溅出声声呢喃，温馨又安详。有一对乌鸦高踞于大殿飞翘的屋脊顶端，一动不动，迷茫地张望着眼前的一切，又似乎若有所思。我们都放轻了脚步，在大殿门口站定。大门虚掩着，那张长长的红色封条竟然被揭开一半，旗帜般在夏日黄昏的清风中晃晃悠悠地飘扬着。我们都惊讶得面面相觑，立刻警觉起来。有一个胆大的轻轻推开大门，门轴发出嘎嘎的沉重声响。里面黑洞洞的，什么也看不见。定神细看，方见从屋顶的天窗透下一条窄窄的光亮，硬是于这一屋黑暗中闪亮出一方光明来。在这片光亮中，居然背对我们端坐着一个人，我们一眼便认出是沈老师。好像是事先就约定好似的，沈老师回转身对我们微微一笑，又示意我们把大门关上；然后站起身，亲切地要我们帮她一起打扫屋子。干活的当儿，我们分明看见沈老师的眼圈红红的，好像才哭过。我们又拉家常似的向沈老师问长问短，终于知道我们此刻擦拭着的神像原来是我们的祖先、江南始祖泰伯，终于知道沈老师是因为在县城当官的父亲进了牛棚受牵连才被派到南山来的。

步出大殿已是晚上，群星璀璨，都眨着迷离的眼；一轮明月遥挂于山头，晶莹圣洁得如同沈老师姣好的面容。

秦老师

想起秦老师，童年的记忆便纷至沓来。

秦老师是我的初中老师，也是我人生的启蒙老师。那时的初中是两年制，秦老师从初一到初二,一直是我的语文老师和班主任。我读的初中是一所片中，设在离我家西南面五六里地远的一个废弃的庙宇内，小而陋。但在我的记忆深处，却是个温馨暖人的所在。

我们的教室是由僧舍改建而成的，坐南朝北。青砖地，望砖顶，进深七架屋，前三后四；十几根粗粗壮壮漆色斑驳的庭柱，在石鼓礅上支撑起四间屋子，被杉木板一隔为二，当作初一初二两个教室。隔着北窗向外望，是一堵高高的粉墙，隔离了外面的喧嚣。教室西面有一片花园，不过此时已被师生们勤工俭学改造成菜园。教室南面是一片大操场，块块条石呈一色的暗黄，只是被岁月的重压碾得支离破碎；场地中央有一棵百年银杏树，枝繁叶茂，躯干嶙峋。场地前面有一幢三楼三底的建筑，上下两层，是原本的寺庙享堂。如今，楼下成了教师办公室，楼上则是教师们的卧室了。楼前有一方狭长的天井，靠西凿有深井一眼，青石井栏上依稀可辨三个古篆字：玉带泉。上方的木架上蔓延着由紧贴着西墙跟的一截铁黑葡萄桩上肆意舒展出的阔叶藤蔓。再前则是由教室外的北围墙沿西折南而来的同样高高的粉墙。学校的大门也就是当年的寺庙大门，坐西朝东。门楼为重檐歇山顶，煞是体面；砖雕门楣，篆刻阳文，名曰清水寺。不过现在已被人在其后用红色油漆极其醒目地添加了两个字：初中。于是，清水寺这个从前的乡野小庙，便摇身一变为我们这些乡村蒙童的学校。

校门外是弥望的田野，春绿秋黄，夏肥冬瘦，连接着方圆数十里绿树浓荫覆盖着的村村巷巷。我们这些孩子，就像是从这些村巷中飞出的鸟雀，每天都会准时地投进这方天地里觅食、嬉戏。

全校就两个班，一百来号学生，清一色的农家子弟。老师有三个，秦老师是公办老师，教语文兼班主任兼校长，是镇上中学派下来的；另外两个为民办老师，原来都是附近村上的高中生，半教书半务农的，分别担任数学和其他各类杂七杂八的课程；另外还有一个给老师和部分远道学生做饭外加干零活的校工阿姨，三十多岁，长得清清爽爽。这些员工中，只有秦老师住校，其他的都是早出晚归，跟我们这些学生差不多。

夏日昼长，下午两节课后，还不到三点，太阳高高地挂在西南天空，热辣辣地直烤人，可我们已经早早地放学了。那时的孩子学习没压力，可都得替父母分担生活的重担；上学之余，得握着镰刀提上篮子去田间地头斫青草，养活家里的猪、羊、兔等牲畜。几月半载后，卖掉这些牲畜的钱就可以换来一家的油盐酱醋的开销，四季衣服鞋袜的添置，还有学费及书簿费所需的花销等。可我们几个上有哥哥姐姐的，为了偷懒，每天放学后总是磨磨蹭蹭地赖在学校不肯回，钻到学校的角角落落翻砖头捉虫子、爬树顶掏鸟窝，或者拢在一堆掼香烟壳子赌输赢。这一切都腻了，便会黏到秦老师处套近乎。

一日，我们几个打打闹闹地来到了办公区，站在院门口探头探脑地向天井和办公室内张望。里面静悄悄地没有一个人，天风溜进院落，逗得满架葡萄叶沙沙作响；又穿过檐廊花窗，悄然入室，哗哗翻动桌上的书簿。廊下的方砖地上，三五只麻雀叽叽喳喳地，仿佛也在相互嘀咕着什么。突然，我们看见秦老师从办公室东壁的那间厢房里走出，猫着腰，存着头，手中很吃力地提着个大木桶。“秦老师——”我们见状后立刻将书包随手扔在墙角，一窝蜂地涌过去帮忙将那个大木桶提到廊檐下，一看，原来是满满一桶搅拌好的黑煤糊，秦老师正准备做煤丸呢！于是，我们就蹲身在廊下的过道的砖地上一字排开，极具耐心地帮着秦老师从桶里舀出一勺勺的煤丸，整整齐齐地码了起来。不一会，木桶已空，半段走廊便排满了一片黑黑的煤丸。秦老师看着眼前的煤丸，又看着我们，问：“你们说像什么？”“像正在操练的士兵。”一向羡慕军人长大后想去参军的猴子说。“像等待下锅的馄饨呢！”我此刻已有点肚子饿，脱口而出。秦老师抬头看看天色，又折进屋内，拎出煤炉，生起火来，但见一道白色的烟柱扭动着身段，蓬蓬地冒向空中，秦老师对我们说：“这就叫浓烟滚滚。”尔后，烟气渐渐弥漫开来，一缕缕地向四周飘荡而去，秦老师若有所思，又说：“这是烟雾缭绕。”我们在一旁定定地看着，静静地听着，痴痴地想着，如同课堂上一般。

有一阵子，学校勤工俭学开了一座塑料瓶盖加工厂。说是厂，其实就是在靠学校东南角围墙边的两间平日堆放废旧杂物的仓库内，添置一副打压塑料瓶盖的模具，为镇上中学的玻璃瓶厂做配套产品。厂内除了一个负责的老师傅，工人就是老师和学生。那厂一时间办得还红红火火，做工的师生每月都能赚到二十来块的工钱，相当于当时镇上一个中等收入工人的工资呢！那年我正读初二，作为校长的秦老师特地从班里挑选了几个男生和三位老师一起利用寒暑假到校做工，我也在被选之列。事后才知道，我们几个被选中的学生都有个共同点，便是家里比较穷。秦老师原来是在帮助我们减轻家庭负担啊！

临近初中毕业的时候，学校准备发展三名初中生团员，我是候选人之一。因为那时还是“文革”后期，依然是“贫下中农管理学校”，批准入团必须要学生所在的生产大队革委会盖章。我的材料报送到大队革委会，不同意。理由是我父亲为了养家活口，把我们兄妹几个拉扯大，一直瞒着大队做副业——“搞资本主义”，而且屡教不改。得到这一消息，平时积极要求进步的我一下子就像霜打的青菜，蔫了！那天放学后，我回到家，青草也不去斫，任凭母亲在一旁催促嘀咕，只是不理不睬，独自站在场院前，对着五月里灿烂阳光映照下的葱郁田野发呆、伤神。温熏的长风从广袤的田野拂过，荡漾起一波又一波绿浪，舒缓而悠扬；鸟雀们躲藏在绿荫浓密的树枝头，敞开嗓子，比赛似的唱着嘹亮的歌儿。

“儿啊，秦老师看你来了！”突然，母亲提醒我道。我回转身，见秦老师已站在我家门口，笑眯眯地。我幽幽地走过去，默不作声地站到他跟前。“没事了，我刚从你们大队部过来。”秦老师用手摸摸我的头。我简直不敢相信自己的耳朵，惊讶地望着秦老师。秦老师很肯定地对我点点头，依旧笑眯眯地。此刻，我再也忍不住了，憋了半天的委屈的泪哗哗地直流下来。

在一个孩子的世界里，老师给他的铭心的记忆也许并不是什么高深的知识，而是一种不经意的启示，一点真诚温馨的关怀。

我高中毕业的那年，秦老师突然被调走了，据说去了一所邻乡的学校，后来便退休回老家常州了。从此便再也没有见到他，一直到现在。

静坐如柿

夜读南宋末年僧人法常的《柿图》。六只柿子，黑白相间地散落于画面上，感觉就像六个打坐的和尚，正静坐念经。那尺幅之外便该是寺院三三两两的房舍，再之外便是隐隐约约若有若无的苍山了。

于是想起了小时候。

童年的我因体弱多病，母亲担心养不住，就按照乡间习俗，把我寄养给了村后飞来庵的何师太。其实，那时的飞来庵已不是名副其实的庵堂，而是变成了一所乡村小学。何师太也迫于生计，还俗嫁给了村小的校长，成了何师母。但方圆数里的乡亲们还是习惯性地称其为何师太，也许是因为她的那段佛缘吧。

记忆中的何师太三十五六岁，身材小巧，瓜子脸杏仁眼，皮肤白净，一头浓黑的头发盘在后脑勺，用一根粗长的梅花银针簪住。师太春秋两季常穿碎花士林布对襟外套，米黄色，清清爽爽的，冬季则是一身淡灰色棉衣裤，蓬蓬松松的。作为校工，师太一天的主要的工作是打铃，给教师做饭，打扫卫生并兼代门卫。我那时才读两三年级，正是懵懵懂懂的年龄，每天放学后，首先想到的不是回家，而是赶到师太屋里，尾巴似的跟出跟进，看师太做晚饭、洗刷衣物以及处理生活琐事。末了，她便拐弯抹角地来到了学校东南角一处僻静的院落，穿过两道门，走到一栋房前，把自己关进了一间幽深的屋子，而我却被挡在了门外。朦胧的幽暗天光里，迷茫又好奇的我便赶到窗前踮起脚，探头探脑地想探望个究竟，终因个矮窗高，一无所获。回到门前贴着门板从门缝里张望，眼前只是黑洞洞的模糊一片。

无奈，我便来到门前的天井里转悠。四围高高的山墙筑起了一方狭长的天地，只有北边的一道小门通向外面的世界。铺地的金山石大都已经碎裂，缝隙间便长出了葱绿的野草，东南角的青石井栏中有一眼泉水，低头一照，泛着古铜色黝黯的光。头顶的天空几乎全被天井中央矗立着的一棵柿子树的枝丫所覆盖，横七竖八重重叠叠地。阔大浓绿的柿叶在晚风中招摇，掩映着那才结出的一枚枚青涩的小柿子。矮小的我试着跳跃了好几次，想去摘下一枚来把玩，都没成功，于是只得歪斜着坐在石沿上望着头顶满树诱人的柿子直发呆。不到半个时辰，随着“吱呀”一声门响，师太的身影闪出了门外，来到我跟前，随即便把我牵出了天井。

此后便好久没有去那院落，只是心里一直惦记着那间黑洞洞的屋子，惦记着天井里柿树上的那些柿子。一次是深秋的星期天的午后，父母都下地干活去了。我闲着无聊，便一路玩耍来到了学校找寄娘何师太。校园里静悄悄地空无一人，走在平日喧闹的曲曲折折的走廊内，能听得见廊外树叶掉落的簌簌声，鸟雀们叽叽喳喳的吵闹声，还有大花猫翻爬廊檐时的喵喵声。不知不觉中，我又踏进了那个人迹罕至的院落，来到了天井里。抬头仰望，那棵硕大的柿树依然是枝丫交错地笼罩着头顶的天空，只是叶子稀稀落落的，都瑟缩着翻卷起叶边，在渐凉的秋风中颤巍；而那些滚圆肥硕的柿子却不见了踪影。失望之余，折回屋檐下，轻轻推开那扇虚掩着的大门，却见一尊硕大的金身观音菩萨塑像端坐于面前，莲花座椅下端的长案上，供奉着一大盆红红玉玉的柿子，在下面的蒲团上，盘坐着的是我的寄娘何师太！烛光摇曳，映着菩萨慈祥的脸庞和师太的身影，香烟在屋子里盘旋弥漫，将眼前的一切变得恍惚迷蒙起来。不知为什么，此时的我只得怯生生地站在原地一动不动，生怕再走近一步便会踏破并亵渎了眼前这神圣的境界似的。突然间，我惊讶地发现，师太身边的地面上，居然还整整齐齐地排列着一大摊的柿子！它们有的红熟得透亮，有的却还青涩生硬。

不知过了多久，师太站起身，把一小布袋早已准备好的熟柿子塞进我手里，随即拉着我一起走出了门，走出了这个至今都给我以神秘与神圣之感的屋子和院落。

世事沧桑，如今何师太早已离开了人世，飞来庵也早已被损毁；只是我至今都爱吃柿子。

一条老街与一所学校的记忆

老街很冷清。一条青石板路直直地横贯东西，一头连接着村庄，另一头通向空旷的田野。两边则是一长溜低矮的瓦房，墙面五颜六色，斑斑驳驳的。

学校也简陋，寄居在老街北面废弃的庵堂里。庵场是操场，禅房被隔成了一间间的教室，还有一座小楼连带一个天井则成了教师办公楼与宿舍。

可就是这样的一条老街与一所学校，与我的童年结下了不解之缘，时至今日，它们还不时地光顾我的梦境。

十岁那年的暑假过后，我便要从离自己村上不远的生产大队部的初级小学，转到老街所在的高级小学读书了。那年暑假，我和村上的孩子们都特别兴奋，无论是午后滃野浴，还是傍晚一起去割草的时候，大家都会七嘴八舌地畅想起新学校的样子，并根据从同村学长那里听来的小道消息，对并不认识的未来的老师评头品足起来。心动不如行动，到了最后，大家经过一番讨论，干脆决定来一次实地探访。从我们村到新学校要经过四个村子，村与村之间都是辽阔的田野，与潺潺的河流以及好几处高耸的坟岗。现在正值盛夏，整个乡野郁郁葱葱。树木拥覆村庄、坟岗，堆碧叠翠，给生者与亡灵以一视同仁的慰藉；清亮亮的河流泛着波光，在一望无际的水稻田间随意游弋，不时地，还有几只白鹭在田间伫立凝望，仿佛仙子下凡，惹得我们这些乡野小孩都惊讶不已。我们边走边玩，本来只要一个时辰不到的路程，这天却足足走了两个时辰。

学校坐西朝东，一大片操场了无遮挡地敞开着，也许是荒废了大半个暑假的缘故吧，整个场地上杂草蓬蓬勃勃地疯长着。如果不是场地中央两棵粗粗壮壮枝繁叶茂的银杏树，与它们身后的那两根歪斜的金山石柱的提醒，我们简直不敢相信这里曾经是一所庄严肃穆的庵堂！我们又热又累，一个个都东倒西歪地滚倒在银杏树底下的草地上。有几个不安分的，还相互挠脚底撩头发的，继续在草丛间翻滚折腾，快乐的尖叫声惊飞了草丛中的一蓬蓬麻雀。这样地闹腾了好一阵，大概也乏了，叫闹声渐渐地平息下来。午后的阳光呈淡红色，肆意地从天空中泼洒下来，烘烤得头顶的树叶都耷拉着脑袋，一副无精打采的样子；知了也被晒得昏昏沉沉的，有一声没一声地嘶鸣着，仿佛在说着梦话。

“快起来！我们还没去看新学校呢！”突然，大老虎一个鲤鱼打挺跳了起来，一边叫，一边还用脚挨个地去踢醒横七竖八躺着的同伴。几个刚才还在做春秋大梦的大概一时间还反应不过来，极不情愿地勉强竖起身子，揉着惺忪眼睛；还有几个或许是被踢痛了，用手捋着屁股，直对大老虎翻白眼。大老虎是我们的小头领，虽然是同龄，却比我们要高出半个头，而且身体壮实，脾气又比较暴躁，同伴们都有点惧他。但因为他又仗义，大家都服他，愿意和他一起玩。于是，大家便纷纷站起身，一起向学校大门口涌去。

吱呀一声，两扇虚掩着的古铜色大木门就被我们推开了。一个硕大的院落展现在我们面前：院落中央是个小园，花坛、竹木、假山、曲径一应俱全，只是大多倾废残破，杂草丛生，猫鼠出没。北边是一排带有檐廊的瓦房，跟我们原来的学校差不多，凭经验我们知道应该是庵堂禅房，现在则是教室。西面是一栋三间两层的小楼，连带楼前的天井成为一方独立的空间；它的后面则是高高的烽火墙。南面就是重檐翘角的庵堂大厅了，旁边还有回廊、小屋，它的前面直通老街，但自从改建成学校后，为了安全，那个原来十分气派的庵堂大门被封住了。

我们一个个屏息敛气，放轻脚步，猫着腰，悄悄地溜了进去。整个园子静悄悄地没有一个人，只有一群麻雀在花坛的杂草丛中跳来跳去，还有几只白头翁在廊檐下的碎砖地上昂头踱着方步，一副目空一切的高傲样，仿佛它们就是这里的主人似的。大家看看这里没有什么人，便又开始小声说起话来了，但冲在最前面的大老虎回头一脸严肃地给大家摆摆手，然后闪到小楼边的花窗前朝里面张望，确定没人之后，又回头向大家招招手示意我们过去。这下大家彻底放心托胆了，放肆地叫着闹着，四处乱窜，瞬间把整个学校都闯了个遍，有几个还东翻翻西摸摸地，恨不得把角角落落的老鼠洞都搜个底朝天！倏忽间太阳已经移到西面的山墙头，大家都累得满头大汗，口渴难耐，便聚集到小楼前的天井里。大老虎拎起井栏边的铁皮桶，往那口泛着幽幽波光的井里倒扣着一扔，旋即吊起一大桶凉水，挨个地朝大家的头上往下浇。大家一边打着激灵直喊“爽”，一边相互取笑彼此冲凉后的狼狈样。然后，大老虎又吊起一桶，提到井边的方石桌上，供大家尽情地牛饮一通。有两个馋嘴的实在挡不住井栏头顶上那架浓荫密布的葡萄藤上挂下的圆滚滚的葡萄的诱惑，偷偷摘一颗塞进嘴里；没想到竟酸涩得龇牙咧嘴，直流眼泪。

末了，大家意犹未尽，又兜到老街去玩。谁料整条街道空空地不见一个人影，冷清得连鬼都抓不到。于是只得悻悻而返，途中看见一个老头从操场拐进校门，料想便是暑期护校的员工，但也许是老师。

晚稻抽穗的时节，我们要去新学校报到了。因为是第一天去学校，加上还要缴学费，父母们都不放心，要陪着我们一起去。最后还是大老虎拍胸脯下了保证，终于说服大人们让我们自行前往。可到了出发前，腊天生的娘死活都要陪我们一起去，理由是腊天生天生胆小，说话又口齿不清，他娘怕他缴费时铜钿都弄不清。腊天生是他娘的宝贝疙瘩，他娘一共养了四个孩子，前面三个都是女孩，到了那年腊月终于养了个男孩，取了个小名叫腊天生。但由于先天不足，又瘦又小，像个藤稍上的西瓜，仿佛永远也长不大。但因为是家里唯一的男孩，全家都疼爱他，他娘尤其宠他。这时又是大老虎出面给他娘发誓赌咒，加上我们都在一边帮腔，他娘才勉强同意。

“放心吧，婶子！”大老虎从腊天生娘手里接过学费塞进口袋，一把拉过腊天生往我们这群人堆里一推，回头又补了一句：“我们一定把他毫发无损地带回来！”

也许是兴奋又熟门熟路的缘故吧，我们一路连奔带跑，不到半个时辰就赶到了学校。才到校门口，腊天生瑟瑟缩缩地靠到大老虎跟前，吞吞吐吐地要回他的学杂费，说是要自己去老师那里缴费。

大老虎用怀疑的眼光上上下下打量了他一番，终于还是同意了：“当心弄丢啊！”

报到、认班级、领书簿——一切忙碌停当，老师便宣布放学了。于是我们又聚集到一起。这回可以堂而皇之地在校园里窜来窜去了，然后再到隔壁班找邻村熟识的同学，去老师办公室帮助整理东西，进图书馆擦窗户抹桌子拖地板。实在没事可做了，看看日头还不到中午，可我们又不想回家。

“还是去老街玩吧？”这回是阿庆提的建议，“我们上次什么也没有看到。”阿庆是我们这群里的军师，头脑活络。因为他爹是村里的生产队长，家境也比我们都富裕。

“好！”大家纷纷表示赞同。

正值农闲季节，老街上集市也就散得晚一些。附近村子的农人们，大都会来集市上购置些生活必需品或出售些多余的农产品。于是乎，拎竹篮子的、挑笆斗担子的、掮麻袋的——都在老街上来来往往。如果遇见自家亲戚或是邻村的老熟人，还会当街站着家长里短地攀谈一番。两边的店铺全都敞开着，粮油店、布匹店、杂货店、剃头店、木器店、邮电局、中药铺、煤球店、铁匠铺——应有尽有，而且每家店堂里都有人出出进进，络绎不绝。

“叮——铛——叮叮——铛——”

透过熙熙攘攘的街市喧嚣声，我们被那时断时续的打铁声所吸引。穿过半条街，来到街西头，一家铁匠铺子横开在我们面前，店面朝东，屋后临水。店铺的阶沿旁整齐地摆放着镰刀、铁耙、菜刀等农人们日常劳动生活的器具，件件结实锋利，闪闪发光。店铺里，一位五短身材、四十来岁的师傅正在烧得通红的铁炉前忙碌着。只见他满脸的络腮胡子，光着膀子，左手用铁夹子从炉膛里钳出一块烧得透红的铁块放到铁钻上，右手抡起大铁锤，叮当叮当地捶打起来。一边捶一边不时地将铁块翻着身。不一会儿，看看铁块变冷变硬了，便刺啦一声顺手扔进旁边的铁皮水桶里；旋即，一道白烟腾起，袅袅地飘到头顶，又慢慢地四散、消逝。炉下坐在小板凳上拉风箱的是一个年龄比我们稍大的徒弟，青皮光头，穿着一身青布短褂，像个小和尚似的。或许是太过瘦小的缘故，他时常会屁股脱离板凳，身子前倾弓着背，使出吃奶的力气，一前一后扑哧扑哧地推拉着又粗又长的风箱杆。

大老虎看不下去了，一把推开小徒弟，接过风箱把手，对师傅说：“叔叔，我们来帮你拉吧！”便甩开膀子，吧嗒吧嗒地拉起来。那师傅是大老虎家的远房亲戚，去年他姐姐出嫁时来村里喝过喜酒，所以我们也都认识。后来，我们这五六个孩子轮流帮师傅卖力地拉起了风箱，直拉得炉膛里的火苗呼呼地往上蹿，直拉得日薄西山店铺打烊为止。师傅乐了，满脸花开，还不停地为我们竖起大拇指点赞。

回家的时候，我们兴奋又满足，就像一群麻雀叽叽喳喳地吵闹着往村里飞。只有腊天生一个闷闷不乐地落在后面。一问才知道他居然把学费弄丢了，气得大老虎对他直瞪眼。最后还是阿庆想出了解决办法：我们今天不是在铁匠铺帮忙了吗？明天可以先跟师傅商量借点钱把腊天生的学费垫付了，然后每天放学后去拉风箱打工抵债。大家纷纷表示赞同。

“记住啊，不要给腊天生娘知道！”进村时，大老虎还不忘关照大家。

此后的日子平淡而热闹。上学、放学、玩耍，节假日护校，铁匠铺打工。两年的高小生活就这样一晃而过。书本知识学了些什么，稀里糊涂；与同伴与老师相处的点点滴滴，却历历在目。

冷月如霜

窗外，冷月如霜，寒星闪烁。

屋内，青砖地宽敞平整，中央的一方小矮凳上，一盏煤油灯跳跃着如舌的火星，舔舐着周围的黑暗。灯下的四周，用白石灰粉饼画成了一个个圆圈。祖母、父亲、母亲和哥哥，全都老僧入定一般，团坐在圈内，躬身编织着篾席垫子。我却侧身坐在前窗下，就着灯火的余光，被一本刚刚借到的小说《苦菜花》吸引着；弟弟和妹妹则早已在西厢房内酣然入梦了。

灯光晕成一团暖黄色，抛落在空荡荡的屋子里，在这寒冷的冬夜里，让人倍感温暖。朦胧间，它又仿佛成了一轮金灿灿的满月，散发着诱人的光芒，那被罩着的人与物的轮廓，则是嵌入其中的碎花暗影了。

天冷得出奇，即便是屋内，也感觉心上凉飕飕的。哥哥的十指冻得钻心地疼，在一旁不停地呵气；双脚也麻木了，时不时地变换着姿势。祖母舍不得，便将胸前暖烘烘的脚炉塞了过去。母亲瞟一眼身边的父亲，只见他猫着腰，身子向前微倾，双肩一上一下地抖动着，依然麻利地翻动着手中的竹篾。夜，静极了！除了屋内瑟瑟翻动的竹篾声，墙上时钟的嘀嗒声，和后屋里猪羊们偶尔发出的梦呓声，什么声响也没有。即便是村上平日里最不安分的那几条大黑狗小黄狗，此刻也被冻得失了神，噤了声，乖乖地不知躲到哪个角落里睡觉去了。墙上挂钟的时针已指向十一点，母亲站起身走进灶间，在灶膛内重新添上一把硬柴火，将原先就蒸着的山芋烧热煨烫。不一会工夫，满满一瓷罐热气腾腾的蒸山芋便端到了大家面前。母亲拣出最大的几个分别塞到哥哥和我的手上，然后又把瓷罐递到祖母与父亲的跟前，最后她才从罐底掏出一个最小的送进自己的嘴里。滚热的山芋烫得我和哥哥只得在双手掌心不停地玩转，一时真不知该如何下嘴。好一会儿，我才咬上一口，嗯，香香甜甜，松软无比，简直是天底下最好的美味佳肴！两个热山芋下肚，原本疲乏寒冷的身子立刻感觉精神了许多，也暖和了许多。于是，屋内重又响起了一片瑟瑟的竹篾翻动的声音；我则又回到了《苦菜花》那跌宕起伏的故事情节之中。

隐约间，外面传来了几声狗叫声，那声音极远极薄，感觉是从地底下透出来似的。父亲手中的竹篾停止了翻动，侧耳谛听，又似乎没有了，这才放心地继续翻动他手中的竹篾。隔了才一会儿，又传来了几声清晰的狗叫声，而且越来越响，越来越密。父亲警觉地站起身，走到我身边，向窗外张望，然后叫母亲他们赶紧收拾起屋内的竹篾和编织好的垫子，藏进后屋的稻柴间，吹灭灯火，各自回房歇息。唯独留下我继续在窗下读书。

狂吠不止的狗叫声里，一阵急促的脚步声自村头由远而近传来，终于在我家门口停下。接着便是砰砰砰的敲门声，雨点般劈头盖脸地砸来。我惊悸万分，不知如何是好。

“谁啊？”父亲披着棉衣，掌灯从房里走出来，“半夜三更的，折腾什么！”

“生产大队巡夜的。”门外的回答理直气壮。

父亲拔掉门闩，三五条大汉伴随着一股冷气冲进屋内。我认出为首的是大队民兵连长，我同学的父亲。只见他们几个用手中的电筒在黑咕隆咚的屋内来回搜索着，最后将光束定格在屋子中央青砖地上那四个大圆圈上。民兵连长弯腰捡起几丝碎竹篾屑，直愣愣地盯着父亲的脸说：

“你啊，上面三番五次地叮嘱不要织篾席做匾搞资本主义，可你竟然还……”

父亲满脸堆笑矢口否认。民兵连长因抓不到真凭实据，最终也只好带人离开。

估摸着他们走得远了，全家人便不约而同地又迅速回到原地，继续卖力地编织着竹篾垫子；只有哥哥哈欠连天，浑身困倦，一脸的不情愿。母亲看在眼里，疼在心里，可又无可奈何。因为后天就是县城的集市，父亲说要赶在此前把一担匾做好挑去卖钱，以换回生产队年终分配时因工分不够而没有领回的二十担大米；否则，明年青黄不接的季节，全家老小又得忍饥挨饿了。

一切复归于平静。父亲为了小心起见，还要我用两根竹竿撑起一只蚕匾，严严实实地将前窗盖住，生怕里面有一缕灯光给漏出屋外。

“嘭咣——”突然间，大门被一脚踢开。民兵连长他们简直就像天兵天将似的又降临到屋内。二话没说，他们便将所有的竹篾和已经编织好的垫子一股脑儿地没收了去。父亲、母亲、祖母他们又气又急，骂着哭着一直追赶到村头，最终，只得眼睁睁地看着自己忙活了大半夜的劳动果实给那些夜游神掳了去。

父亲像一头绝望的怒狮，捡起身边的一截断砖，奋力向那些渐行渐远的夜游神的背影砸去。断砖悄无声息地落入茫茫夜海里，不见半点涟漪。

冷月如霜，夜海沉沉。

木槿花开

才出梅，便入暑，天气也由闷湿一下子变得燥热起来。

院墙前的旱地上，那一围木槿花，终于走出了梅雨的阴影，纷纷从东倒西歪的一片狼藉中爬将起来，抖擞精神，并且笑吟吟开出一片灿烂的夏花来。

太阳才跃上村前那片榉树林的树梢，弯腰耘了两个来时辰稻田的娟子，就和父母及村民们一起从那一望无际的水田里上了岸，悠悠地返回村子。为了不耽误农时，也为了避暑，人们天不亮就下了地，赶在中午前早早地把一天的活都干完了。此刻，娟子在田埂上站定，伸了伸腰，摘下草帽，理了理散乱的黑发，又用衣袖擦了擦额头的汗水，抬头望望一碧如洗的天空，不禁开心地笑了。她以别人不易察觉的跳跃式姿势，一路小跑着回了村。

来到自家的院墙前，娟子停住了脚步。那是她家的自留地，足有半亩光景，里面一年四季轮番种植着一家的菜蔬瓜果。为了防止鸡鸭猫狗的践踏，四周严严实实地植有一圈一米来高的木槿当作围栏，只在东南角留下一个口子，用细竹竿编织成一扇栅门开关。这季节，园地里一派热闹：

殷红的茄子似一挂挂弯钩静静地垂挂于墨绿色的枝柯间，冬瓜长溜溜，南瓜圆滚滚，香瓜黄澄澄，全都婴儿般酣睡于浓密的藤蔓间。蕹菜、苋菜们割了一茬又长一茬，鲜嫩嫩的茎叶招摇于枝头，让人忍不住伸手想去掐上一把带回家。只有靠西北边的那一块如今却裸露着，新翻的泥土给烈日晒得发白。但它却并不寂寞，细细瞧去，一层似有若无的新绿，似娟子的心绪一般已萌动其间了。娟子知道，那是前两天她和木子一起下的鸡毛菜籽发了芽。等到这些菜籽发了芽，我就回来了。这是木子和她的约定。一想到这，娟子的心头又拂过一层欣喜，她隐约觉得，有一种期待已久的幸福似乎正慢慢向她走来了。

和娟子一样欣喜的是她身边那些盛开的木槿花。它们全都袅娜地站立于枝头，雪白的纯洁无瑕，粉红的意态慵懒，萤蓝的绮梦迷离。而滋养它们的却是朴实得如同村人们一样的那一棵棵木槿树，草青色的扇状叶子，土灰色的笔直枝干。秋来无绚丽，冬至不凋零；逢春色泽润，到夏必开花。然而它的花期却是那样的短暂，短暂得竟然朝开暮谢，让人无限伤感。但不管怎样，在娟子眼里，这木槿花永远是最美丽的花儿；因为木子曾经跟她说过，最本色的才是最美丽的。为此，木子还给她写过一首这样的诗：

茅舍横冈，涧水悠长。
出南垣，朱槿柔芳。
芊芊越女，云梦幽香。
笑着青衣，忆年少，倚西窗。

朝开暮落，愁绪飞扬。
叹红尘，频举清觞。
忍将惆怅，付望前方。
又草如茵，柳如玉，蝶成双。

这是木子返城前写给她的。虽然这诗到底是什么意思，娟子并不十分明白。但她知道这是木子专门为自己写的，所以她视若至宝地珍藏着，每当想木子的时候，就拿出来念念，以致现在都能背出来了。

木子是城里的知青，生产队长的亲侄子，就住在娟子家隔壁。不知为什么，插队落户三年多来，他那当生产队长的叔叔走马灯似的给他介绍对象，他竟然推三阻四地谁都不要，却硬是要和自己这个富农的女儿要好。这让生产队长大为光火却又无可奈何，也让娟子的父母担心得要命，因为他们生怕又为此事而被按上个什么罪名架去批斗。好在老天爷照应，由于他俩的坚持，生产队长也只好勉强同意了。于是，木子前几天抽空返城向他父母汇报了，说好很快就会回来的。

就在这时，妹妹气喘吁吁地跑来告诉娟子说，木子已经回来了，而且还亲眼看见与他一起回来的有一对打扮很洋气的中年人，看样子像是木子的父母。还没等妹妹说完，娟子已是高兴得两眼放光，脸都笑成了一朵璀璨的木槿花。她赶紧把草帽往木槿围栏上一放，双手麻利地采摘起木槿叶来，不一会儿便采了一草帽。于是又奔回家里，端上木盆下到村后的河滩边，将木槿叶浸泡、搓碎，然后把自己的一头秀发伸进木盆里那碧绿发腻的汁水中，洗将起来。洗毕，娟子一边梳洗着愈加乌黑发亮的秀发，一边注视着自己倒映在清亮亮的河水中的娇美的身影，不禁羞涩地笑了。末了，她又很小心地理了理长长的头发，整了整衣衫，然后扭动着婀娜修颀的身材，回到自己的房里，换了身素雅洁净的粉红色碎花影短袖，在临窗的梳妆台前坐定，静静地等待着木子像以往一样来到她面前。

鹅蛋形的梳妆镜里是一张娇好的瓜子脸，明眸清澈，含情脉脉；皮肤雪嫩嫩的，光洁细腻。酥胸高耸，微微地起伏着。这样地面对着，娟子忽然莫名地感觉到木子似乎已经来到她的身后，正偷偷地看着自己呢！可当她转身的当儿，竟然发现是母亲。看到母亲煞白的脸色，娟子的心头掠过一层阴影。母亲告诉娟子，刚才队长带着木子的父母来找过她了，说是这门亲事绝对不可能，否则就要以剥削阶级子女拉拢腐蚀革命青年论处。

娟子啊，算了吧，咱们成分不好。唉，都是爹娘害了你啊！

娟子呆呆地坐着，一动不动，一声不吭，只有两行眼泪默默地滴淌下来。好久，她霍地站起，夺门而出，疯狂地向田野奔去。

天空蓝得虚无，碧绿的田野一望无际。

院墙前，木槿花尽情绽放。

那面飘扬于长竹竿头的红领巾

天刚蒙蒙亮，阿祥便挎着条小矮凳，出了家门，离了村子，悠悠地行进在晨雾弥漫的田野里了。他瘦小的身影渐渐远去，成为一个漂移的黑点，终于消失在那田野的绿浪里。

不一会儿，阿祥就来到一片秧苗田边，拣一处较高而平坦的田埂坐定，又从身后一人高的麦地里找出昨天那根细长的淡竹竿，在梢头系上红领巾，当作驱赶鸟雀的工具。

天还没有完全亮，残夜的黑暗裹挟着清晨的薄雾在四野里弥漫翻滚，朦胧又潮湿。阿祥感觉有点冷，便将单薄的青布衫下意识地裹紧一下，瑟缩在田间的矮凳子上，这情形简直就像一只受伤后落单的麻雀，可怜兮兮的。四下里静悄悄的，田间的昆虫还在睡觉，鸟雀们也没有醒来，远远望去，整个田野以及田野尽头依稀的村庄都沉睡在乳白色的梦境中，静谧又安详。当东方的天空出现第一道亮色时，田野里便拂来阵阵凉凉的风，它们仿佛手握一根根长鞭，将眼前的羊群似的乳白色晨雾驱赶得四散逃遁。于是，远近的村庄、高岗、绿树浓荫中蜿蜒起伏的河流都渐次现出了它们清晰的轮廓；夜游的狗儿带着一身露水跑回了村，与出笼的大公鸡老母鸡们在村口邂逅，它汪汪地狂吠两声，算是打招呼；鸟雀们也纷纷从竹林树丛中射出，自在写意地翻飞于空旷清新的低空。转眼工夫，天空已是霞光四射，眼前早就澄明一片了。随之，一轮红日冉冉升起，天地间这座大舞台又拉开了崭新一天的绚丽帷幕！

阿祥不禁被眼前的美景深深地怔住了。打从记忆起，他感觉自己就像小狗小猫一样懒懒地蜷缩在家里，每天总要赖床到日上树梢，母亲三番五次地叫唤才肯起来，因此从未见过如此壮丽的乡村日出景象！此刻，他感觉自己有一种说不出的快乐，这段时间来像晨雾样笼罩于心头的阴霾不禁一扫而空了。也许是想拥抱这美轮美奂的景象，也许是为了暖暖身子，阿祥站起身，沿着田埂缓缓地向前走去。骤然间，他看见有三五只麻雀呢喃着从头顶悠悠然滑翔而过，眨眼间，又贴着不远处的一片麦地与油菜花地回旋至自己的身边，停歇在秧田边的田埂上，还贼溜溜地眨巴着小黑眼，觊觎着面前的秧苗。他立刻警觉起来，赶紧从身后的麦垄里拖出几个稻草人，分别插到秧田的四个角落里协助自己；然后，又回到原地，不停地挥舞着手中的长竹竿，一心一意地看管着眼前的秧苗。那三五只麻雀与他相持了许久，终于没有机会下嘴，也就悻悻地离去了。

有时，阿祥真的很羡慕这些鸟雀，它们多么自在与快乐啊！虽然他现在并不讨厌看秧苗，但一想起这是对自己的惩罚，心里就无比难过。他想不通，为什么自己在课间一不小心踩了一脚掉落在讲台边地上的领袖像章这桩小事，竟然会惹出那么大的麻烦！再说事后已经写了书面检查，还当着全校师生的面在晨会课上检讨过，为什么老师、学校和大队干部就是不肯放过他，说他是反革命分子，还要把自己开除出少先队？还要罚他连续一个星期替生产小队看秧苗？他感觉自己简直连那些麻雀都不如，麻雀们偷吃了秧苗犯了错，人们只是驱赶它们，绝不会对他们穷追猛打，可现在这些大人们对自己简直就像凶神恶煞。更让他难过的是，明天星期一一到校，学校就要勒令他把红领巾交出去，从此，他这个根正苗红的贫下中农子女就要和班里那几个地富反坏右子女一样，成为同学中的另类，让人瞧不起了。想到这里，阿祥不禁委屈得簌簌地流下了眼泪。此刻，他恍惚感觉背后有无数双眼睛都在用异样的目光看着他，有无数只手指都在对他指指戳戳，有无数张嘴巴都在叽叽喳喳地嘲笑他。他痛苦万分，双手抱头，嗷嗷大叫起来。

叫声引来了一蓬麻雀。这回，仿佛作了精心准备似的，它们竟然无视阿祥及其替身——那些分布于秧田角落的稻草人的存在，雨点般纷纷洒落于一片偌大的秧田里，一阵猛啄，任凭阿祥扛着长竹竿绕着田埂来回奔突、驱赶，也无济于事。它们好像在与阿祥捉迷藏似的，每当阿祥的那面系在长竹竿梢头的红领巾飘到身边，它们便起飞，在低空中打个旋，然后又在秧田的那一头稳稳当当地落地，继续享用眼前那片丰盛无比的绿色食品；等到阿祥的红领巾再次飘到身边时，它们便又一次起飞、盘旋，又在那一头杆长莫及的地方落地。如此来来回回反反复复地折腾了好一阵，阿祥也累了乏了，索性一屁股坐在田埂上，看着那蓬强盗似的麻雀尽情地享用它们的美餐。此刻，阿祥又突然想起奶奶曾经跟他说过的话：世间万物都有生命，麻雀和人一样，饿了要吃饭，困了要睡觉，所以万不可惊扰它们。奶奶所说的话自然和学校里老师的话不一样，若在平时，阿祥常常是将信将疑，可不知为什么，此刻阿祥突然觉得奶奶的话特别有道理。于是，他便更加心安理得地坐在原地，将长竹竿在田头一插，索性观赏起麻雀们啄食秧苗的情形来了。

乡野的晨曦中，那面长竹竿头的红领巾迎风招展。

夏收

放眼望去，辽阔的原野除了金黄，还是金黄。

暖风吹送，吹起了一波麦浪，萧萧作响，荡出层层涟漪，渐行渐远，终于消失在视野尽头，无迹可寻。然后又是一波涌来，飘漾开去，萧萧远逝。如此地周而复始，循环往复，如同无忧少年的梦境，舒畅、悠扬、曼妙，而又不可捉摸。

暖风吹来了无数的鸟儿，白头瓮、喜鹊子、布谷鸟、灰隼蛉——最多的还是麻雀。伴随着一声声一阵阵清脆急促的叫唤声，或高翔，或低旋，以它们矫健的身影与欢畅的歌声，将这初夏的季节喧闹得热情洋溢，欢声四溅。

田野里弥漫着成熟的麦禾的气息，还有田埂上、河岸边无数不知名的野草们的花香果味，都在这暖洋洋热烘烘的空气里氤氲得醇厚醉人。孩子们吹着麦笛子（一种生长在麦地里的野草果子的外壳）兴奋得满世界奔跑，同样兴奋的还有紧随于他们身后的小黄狗、大花猫，高翘起肥硕鲜活的尾巴，如一支支离弦的箭镞，在这翻滚着的金色的海洋里若隐若现地穿梭。

经历了一个漫长的青黄不接的春夏之交，乡亲们终于盼来了一年里第一个丰收季节！面对如此丰收在望的一地金黄，他们那黝黑消瘦的脸上洋溢出灿烂的笑容。尽管家家户户早已米缸见底，尽管大人小孩们早已靠洋山芋（土豆）、青蚕豆之类的杂粮充饥了好长时日，尽管有些人家甚至一日三餐早已揭不开锅；但大家还是铆足了劲，为这夏收做着精心的准备。男人们将隔年悬挂于庭柱上的镰刀取下，蹲在自家天井里水井旁的石沿上，先是就着块黄沙石嚓嚓嚓地磨；待到腐锈褪尽，再在青方砖上抛光、砺口，直磨得刀刃上寒光闪烁，锐气逼人，方才作罢。然后，又给它们榫上长长的木柄，静静地搁在阶沿上。女人们则从后屋里翻出麻绳、扁担之类的家什，拭去灰尘，以备捆麦挑麦之用。孩子们也没闲着，除杂草、补砖地，将自家场前屋后打扫个遍；因为五月的天气孩儿的脸，说变就变，待到麦子一收割，不消晒上两个日头，就得赶紧上场脱粒归仓；更何况大家全都等着磨面下锅充饥呢！

终于开镰了！

风起麦浪涌。那一丛丛绿树浓荫覆盖着的村庄仿佛是这金色海洋里的星散岛屿，也被推拥得轻轻摇曳；而那无数点挥镰收割的乡亲们的身影，便是出没于这一海风波里的弄潮儿了。远处有一蓬乌云似的麻雀直压过来，散落于饱蘸着阳光的麦浪上，一阵猛啄，旋即又心满意足地悠然而去。此时，乡亲们直起身子，擦擦额头的汗水，手搭凉棚，望着那群不速之客渐渐远去的身影，会意一笑，即又继续埋头收割。一垄垄、一片片的麦子在乡亲们的手中悠然倒下，就像是神奇的多米诺骨牌。不到两三天工夫，整个原野已是波澜不惊，一派恬静。于是，女人们捆麦，男人们挑麦；尔后，又是打麦场上的一番忙碌：脱粒、扬麦、翻晒、归仓。老人和孩子们则在空旷的麦田里一遍又一遍地搜捡遗漏的麦穗，就如同在退潮后的海滩上细心地拾捡贝壳一般。

炒麦粉、大麦饼、白面条、面蛤蟆，只要有粮食，心灵手巧的乡亲们便会翻出各种花样，将食物打理得精致可口。不多日子，大家的脸上重又恢复了红润，心情也变得愉悦起来。劳作之余，掇条板凳，三三两两地坐在场头，说些家长里短的闲话，开些荤荤素素的玩笑，尽情地享受着丰收以后的喜悦。

老人们说，天是父，地为母。只要辛勤劳作，芸芸众生永远能衣食无忧！

乡村年味

记忆中的乡村年味是醇厚的，总让我回味无穷。

那时每逢过年，我们兄妹几个都要赶在小年夜之前，掭儿带女先后回到乡下老家。

刚进村子，就听到一片杀猪宰羊的哀嚎声。走到家门口，发现已有一排猩红的年猪年羊肉在屋檐下的寒风中抖动着了。看到久违的儿孙们归来，母亲满心欢喜，将早已准备好的长生果、香瓜子、甘蔗段、蜜橘、爆米花等搬上桌面，让孩子们享用。没有什么玩具，母亲便从仓房的墙角跟翻出我们小时候玩过的木陀螺、铜箍子、玻璃弹子等，供孩子们琢磨着玩。母亲也是与时俱进，知道我们平时吃腻了荤菜，所以饭桌上全是地里自产的甜滋滋的白萝卜、肥硕的红根菠菜、霜打过的矮脚青菜，还有金黄色的炒鸡蛋，鱼塘里才捞起来的鲢鱼头煮粉皮汤。

小年夜蒸年糕是最忙碌而欢乐的。隔天晚上，父亲就要洗蒸笼、刷镬子、筛米粉；母亲则忙着清灶膛，搬运父亲早已断好的一捆捆树枝进灶间。第二天早饭过后，父亲站在灶台前，在大铁镬里加了满满一镬水，再架上一架大蒸笼，底部铺上一整块白纱布。待到灶膛前烧火的母亲把水烧开，父亲便在蒸汽腾腾之间将一层米粉铺撒进蒸笼，等到这一层蒸熟了，再撒上一层。如此循环往复，直至蒸熟一大笼。等待出笼的时段里，孩子们是最焦躁而闹腾的。他们在外面玩了一会儿，便会相继奔回灶间打探情况，心急的侄子一边直嚷嚷“怎么还没好呀”，一边掇条凳子到灶台前，爬上去踮起脚尖对着热气腾腾的蒸笼直张望。见孩子们实在吵闹得不行，母亲就起身去仓房里捧出四个山芋，往灶膛里一扔，煨上一刻钟模样，取出，皮脆肉松，香喷喷地送到孩子们跟前，让他们安逸上一阵子。“年糕出笼喽！”父亲的叫喊声仿佛磁石一般，瞬间把孩子们吸附到灶间。于是，父亲揭开蒸笼盖，给他们每人掐上一团。香香糯糯的糕团，乐得孩子们叫着跳着，满世界奔跑！

最隆重的是大年夜过节。我们乡下的规矩，过年时先祭土地，再祭祖宗。摆好七荤八素一桌菜，点上蜡烛，上好香。父母自己先拜，然后要我们依次跪拜。孩子们拜完，就在一旁七嘴八舌地议论开来说，这土地公公和老祖宗怎么看不见人影呢？刚读小学的侄子说能看见的，唐僧师徒去西天取经，经过火焰山时，孙悟空用金箍棒在地上一敲，那土地公公就出来了。于是孩子们也学着孙悟空的样子，每人要来了一根竹棒，在堂屋和门前场地上拼命地敲，可就是不见土地公公和老祖宗的影子。最后只好向母亲请教。母亲告诉孩子们说，虽然我们看不见土地公公和老祖宗，可他们都看着我们呢，只要我们不吵不闹，让土地公公和老祖宗安安静静地吃年夜饭，他们一定会保佑我们来年平平安安，读书聪聪明明的。孩子们便全都屏息敛气，坐在一旁，静看桌上袅袅升腾的饭菜热气与扑闪摇曳的烛光了。好动的侄子与外甥实在坐不住，只能吐吐舌头，扮个鬼脸，踮起脚尖猫着腰，悄悄地蹦跳着溜到屋外玩去了。

祭完土地与祖宗，一大家子围坐在大圆桌前吃年夜饭。冷盆热炒大火锅，茶水饮料糯米酒。大人们话家常，孩子们放鞭炮，其间还时不时地给天各一方的亲戚朋友打电话发信息，相互问好道个喜。守岁的时候陪着父母看春晚。孩子们看了一会没兴趣，母亲便把他们骗进房间躺到床上，就像小时候哄我们似的，说是大年三十房梁上的老鼠要成亲，还有音乐班子来助兴，要孩子们静静躺着耐心等待。还说婚礼结束后，老鼠新娘新郎还会给每个孩子发红包，放在枕头底下，大年初一一早醒来，一准能拿到。天真的孩子们便在漫长的等待中打哈欠伸懒腰，渐渐地进入了梦乡。安顿好孩子，母亲又钻进灶间去忙碌。不一会儿，她便给我们兄妹几个每人端出一碗莲心百合红枣汤，笑眯眯地看着我们喝下，说是喝了这汤，我们都会夫妻连心，家庭和美，日子过得红红火火。

大年初一的清晨，我们被外面此起彼伏的鞭炮声渐次唤醒。父母照例都穿上新簇簇的衣服，在灶间忙碌了。孩子们果然在各自的枕底下取到了红包，经过一番相互比对，在确定了大家都是同样数目之后，又聚在一起，商讨着如何花费的计划了。早饭是圆子烧年糕，预示着新年新岁我们全家团团圆圆，高高兴兴。

童年的春日乡野

又是春回大地、万物复苏的季节。遥远童年的记忆，便随之泛青冒绿起来了。

我的童年是在苏南农村度过的。那是苏州、无锡两地的交界处，水网密布，田畴纵横，零星的村庄散落其间。每到春天，尤其是清明前后，整个乡野便呈现出一派生机蓬勃、热闹非凡的景象。

那时候，天是蓝的。苍茫深邃的天空恰似一望无际的大海，轻轻荡漾出童年生活般通透的湛蓝。那时候，地是亮的。绿油油的麦田，金黄的油菜花地，红红的紫云英地，还有镶嵌于地垄边的紫色的蚕豆花儿，成片成片错杂地铺展着，铺展成一个如少年般烂漫奇幻的梦境。那时候，阳光是明媚的。蝴蝶在花丛中忘情地翩翩起舞，蜜蜂唱着歌儿辛勤采蜜；燕子驮着暖暖的春晖，正忙忙碌碌地搭建着自己的家园。它们都成了天地间美丽快乐的精灵。而白头翁、红嘴鹊与绿翼鸟们，更是在村村巷巷的房前屋后仰起脖子，你一声我一曲地啁啾出一首首动听走心的歌儿，将乡野春天的自在惬意演绎得淋漓尽致。

就在这样澄明的天地间，就在这样暖阳普照、和风吹送的时光里，我们这些孩子，便每天都是开开心心地上学放学，快快乐乐地刈草游玩。比赛爬树的本领，顺便掏个鸟窝；溪边打水仗，摸螺蛳捉水蛇；驾着小木船捞水草、网春虾；在田埂上追逐打闹，累了乏了便四脚朝天滚在麦地里看天上的流云。这春日的乡野，俨然就是我们的游乐园！

其实，我们都知道，一年四季中，也只有在这个季节里，我们这些孩子才能将自己的快乐尽情地挥洒，就像脚下疯长的春草与身边的肆意绽放的野花一样。而在其他的时光，我们除了上学，也与大人们一样分担着劳作的艰辛。因为乡野生活的美景，从来都是辛勤劳作换来的。

隔年的隆冬季节，当秋收后的稻田翻晒过几个日头之后，大人们便开始整畦、挖沟、播撒麦种，或是栽种油菜秧苗。然后，就把拍麦田、给油菜苗培土之类的活儿留给我们这些已经放寒假的孩子们了；而他们自己则去干诸如罱河泥、开挖肥料坑这些更为繁重的体力活了。我们这些农家孩子自然也不含糊，为了赶在绵绵冬雨来临之前把这些活儿干完，几乎每天都冒着寒风埋头于田间地头，还要顺便把大人关照的几篮子蚕豆点种进纵纵横横的田埂旁。自然，紫云英是无需我们伺候的，因为早在秋稻即将成熟的时候，早就被大人们播撒进田里了，待到稻谷收割完毕，它们已稀稀疏疏地冒出圆圆绿绿的小脑袋，只等熬过寒冬，响过春雷，它们便会蓬蓬勃勃地生长开来了。如今，望着眼前这片红黄绿相间的宛若硕大地毯似的美景，我们也和大人们一样，欣喜之余倍感欣慰。

我们还知道，大凡乡间的事物，不管多美丽，实用永远是第一位的，更何况是庄稼呢？麦苗会抽穗成熟，变成初夏里农人们金灿灿丰收的希望。油菜花更是很快会结籽，先于小麦上场，然后被压榨成香喷喷浓稠的食用油，供农人们享用一整年。紫云英呢，先是猪牛羊兔等家畜们的饲料；待到老熟之后，还会被翻进泥土，成为下一茬农作物的肥料。

我们更知道，风光流转，春日里如此美丽的庄稼一旦成熟了，老去了，第二年还会再来。可我们这些孩子有朝一日长大了，老去了，却再也不会回来了。因为我们每年都会目睹附近的村巷里，有一个个熟悉的与不熟悉的老人去世，然后被落葬在田野的高岗地里，从此就永远也见不到他们了。虽说奶奶或外婆的故事里时常有投胎的传说，可我们谁也没亲见过。这成了我们童年生活中一道挥之不去的阴影。

可是让我们这些当年的孩子没有想到的是，那片储存着我们温馨记忆的乡野，那个曾经给我们打下人生底色，足以让我们回味与眷恋一生的故乡，如今却永远地被淹没在都市化进程的浪潮中了。

从此，我童年的那片春日乡野再也无迹可寻了！我的故乡永远地凋零了！

都说此心安处是吾乡。可我却怎么也无法以此自慰。

乡野的风

乡野的风自由自在，无拘无束，像极了一群野性十足、天真烂漫的孩子。

春天来了，风们高兴得满世界奔跑。它们唤醒了每一棵草，逗开了每一株花，氤绿了原野里成片成片的庄稼与树林。

风们望着眼前蓬蓬勃勃的新绿，与姹紫嫣红的色彩，喜不自胜，想要与人分享。于是它们又召来了翩跹的蝴蝶、嗡嗡的蜜蜂，与啁啾的鸟儿，和它们一起唱歌跳舞。溪流们知道了，居然不请自来，扭动着柔软的身姿为大家伴奏；淙淙的是小提琴，哗哗的是大提琴，呜呜的则是二胡了。

也许是还嫌不够热闹吧？一番嘡嘡啦啦地商量之后，风们便分头窜村走巷去了。它们推开了家家户户的大门，叫出了一个个活蹦乱跳的孩子，鼓动他们奔向绿油油的麦田、金灿灿的油菜花田，还有那红艳艳的紫云英田，让他们与成千上万的蝴蝶们、蜜蜂们一起乐，一起疯。于是，麦苗们被逗乐了，表演似的，整整齐齐地翻起了一波又一波的跟斗。油菜花们笑得前仰后合，将灿烂的心情泼洒一地。紫云英是一群活泼可爱的小姑娘，它们穿着绿衣裙，打着艳丽的红蝴蝶结，成群结队地奔跑、跳跃、叫闹。

这情景被鸟儿们看到了，它们便耐不住寂寞了，站在林子的枝头上，伸长脖子，扯开嗓子，唱出一曲曲婉转动听的歌儿。歌声被风们捎带到田野里，贪玩的孩子们听到了，便纷纷跑进树林。他们先是仰起头，挑逗似的对着头顶上跳跃着的小精灵们学一通鸣叫声；而后便比赛似的爬上树，随手抓几把朴树籽，装进随身携带的竹筒里，啪啪啪地对射起来。累了乏了，他们就放开四肢，骑着树杈望天空。天空湛蓝湛蓝的，被纵横的树枝划得支离破碎；暖暖的阳光从头顶漏下来，在树叶上，在他们的身上，在林子的每一个地方闪闪烁烁地跳跃着，恍如迷幻神秘的童话世界。

此刻，林子一片寂静。忽而，头顶那颤巍巍的树梢上，有几只浑身光溜的雏鸟从巢里探出小脑袋，发出稚嫩的叽叽的叫声。孩子们的心便又躁动起来了，他们立马跃身而起，想要爬上去掏鸟窝。风们看到后，可不乐意了，拼命地将枝头摇动得东倒西歪，终于让这些淘气的孩子打消了念头。

天气渐渐变热了。春天老去了，风儿们却长大了。它们长成了活泼调皮、热情四溢的少年了。

天上的白云大块大块地堆着，仿佛湖面上解冻的冰凌。风们觉得太不合时宜了，使劲把它们吹散、赶走。于是，整个天空透亮透亮的，就像一面擦拭过的大镜子，阳光便毫无遮挡地泼洒下来。风们饱吸了阳光的精气，血脉贲张，在乡野的天地间四处奔波，催熟了原野上所有的麦穗、油菜籽穗，催红了桑葚与樱桃，也催黄了枇杷与杨桃。然后，它们便鸣锣收兵，突然间消失得无影无踪，不知躲到哪儿野去疯去了，任凭日渐热辣的阳光烘烤着大地。

夏收了。农人们收割、翻田、灌溉、插秧，忙得没日没夜、灰头土脸。实在劳累了，便盘坐在田埂上抽支烟，靠在麦堆上眯会眼，或者干脆四脚朝天，躺在地头吹上一阵麦叫子解解乏。风们见了，便如梦初醒般纷纷赶过来，一边轻声细语地相互责怪着，一边忙不迭地给这些辛苦的农人们吹吹头，抚抚背，驱赶走他们腿上的跳蚤。末了，还不忘赶到各村各巷，催促每家每户的孩子给农人们端茶送饭去。

村前屋后的树枝上，知了们的嘶鸣唤来了酷暑。风们悄悄溜进村子，看见老榆树的浓荫下，皮虫们垂挂下一根根丝线，晃晃悠悠地躺在自制的吊床上，惬意地享受着盛夏的清凉。还听见村外的稻田里，青蛙们应着知了的节奏，有一声没一声地叫唤着。

风们蹑手蹑脚地来到每家的大门口，发现家家户户大门后门都洞开，劳累的农人们横七竖八地躺在堂屋的门板上、长凳上睡午觉，只有不安分的孩子们懒洋洋地坐在门槛上看小人书，或是对着门外砖场上蹦跳着的麻雀射弹弓。于是，风们朝他们招招手，这些无聊的孩子们便心领神会地找出自家大大小小的木盆木桶，肩扛手提，扮着鬼脸，脚尖点地，绕过睡梦中的家长出了门，呼呼啦啦地一头扎进村前小河中，淴野浴去了。

打水仗，摸螺蛳摸蚌，捉深藏在水草中的大白虾小鲫鱼。这一切都玩腻了，孩子们便上得岸来，齐刷刷地排列在石拱桥上，挨个跳到河水中，比赛谁的潜水本领最高强。优胜着的奖励是可以多吃刚才从河对岸西瓜地里偷来的青皮大西瓜。

为了营造氛围，风们在水面上掀起了一层层轻浪，还在河岸边奏起了似有若无的背景音乐。孩子们仿佛受到了鼓励，热情高涨，一个个扑通扑通地跳入水中，旋即又兴高采烈地在数米开外的水面上钻出。如此循环往复，乐此不疲。可到后来，一位潜水本领最高的孩子跳到水中后却再也没有钻出水面。孩子们急了，在岸上拼命叫喊。风们也急了，掀起更大的波浪想要把他找出来。后来，风们送着孩子们一路狂奔回村子，找来全村几乎所有的大人们寻找，终于在河流下游两三里的地方找回了这个孩子。可是他早已全身僵硬了。

傍晚，整个村子沉浸在一片悲哀之中。孩子们都被家长们打骂后，吓得躲在家里不敢出门。入夜，风们来到那位溺水身亡的孩子的家门口，望着静静躺在堂屋门板上的那位孩子，悔恨交加，发出了呜呜的哭泣声。

此刻，天上的满天星星也眨着忧郁的眼睛，陪伴着伤心的风们。

后来，和村上孩子一样，风们也长大了，四散了。为了心中的梦想，它们追逐天空的流云，走进了外面更为广阔的天地间。

可是这方乡野生活所给予的美好记忆，却早已流淌进它们的血脉，渗入了他们的骨髓，陪伴着它们去滋养生命，温暖世界。

第二辑　亲情篇

母亲即是家

夏日的一天晚上，陪夫人去医院看急诊，打点滴。

邻座的是一对年轻的夫妇，也陪着孩子在打点滴。孩子还很小，不过三周岁光景；一边打着点滴，一边还不时地发出嘤嘤的哭泣声。看形貌，这是个男孩，长得清清秀秀的；听口音，他们是新苏州人，操着带有浓重方言的普通话。因为这孩子跟我外孙年纪相仿，我便主动搭讪。简单的交谈间，始知孩子因病毒性感冒连续发高烧不退才来看急症的。父亲说，孩子感冒已经好几天了，可是因为工作忙一直拖着没给孩子上医院看病，今天是实在拖不下去了，所以夫妇俩一下班就赶过来了。言语间带着歉疚与无奈。母亲只是默默地抱着孩子，低头亲吻着孩子的额头，还不时地轻抚着孩子的小手与小脚。她的整个身子斜侧着，以便让牵着点滴线的孩子尽量舒适些；她的头发有些凌乱，有几缕发丝还拂着孩子脸庞。自始至终，她都没有介入我们的交谈。我知道，作为一个母亲，此刻她的注意力一定全在孩子身上。对于患病的孩子，她有太多的怜爱与不舍，如果可以，她宁可替孩子生病；同时，她一定也在为自己没能及时给孩子就诊而后悔，尽管她知道自己和孩子父亲都是为了工作实在抽不出时间。

看着眼前的情景，我的日益起茧的心不禁渐渐地软化了：天底下最疼爱子女的永远是母亲哪！虽说这位年轻母亲怀里的孩子还在懵懂无知的年龄，可他一定会因为母亲的爱抚而忘却病痛的折磨。此刻，他躺在母亲的怀里，享受着母亲的爱抚，一定会感到无比的温馨与舒适。因为对他而言，母亲的怀抱就是他最安全的港湾，就是他的家。

于是我不由自主地想起了自己的母亲。自从年轻时外出求学，滞留他乡工作、成家与生儿育女到现在，我便像一头走失的羊羔，仿佛永远地远离了母亲，再也找不到回家的路了。

母亲在世的时候，每次逢年过节回乡下老家，还没踏进村子，总会远远望见母亲在村口的大路边迎候的身影，无论寒暑，概不例外。唯一变化的是母亲的身影由强壮而变得日渐地孱弱乃至颤巍，母亲的头发由乌黑而变得花白乃至雪白。进了家门坐定，我们兄妹几个都围坐在一起拉家常，你一言我一句地交流着些彼此的生活，倒把母亲冷落在一边了。可母亲似乎并不介意，只是静静地坐在一边，仔细打量着我们。如果我们兄妹中有谁体型容貌上有什么变化，她总会幽幽地感叹道：怎么变瘦啦？或者是怎么这两年这么苍老呀？话语间满是心疼。至于我，因为从小体弱多病，每次回家，她老人家都会格外地关注，嘘寒问暖，并再三关照我要当心身体，不要劳累不要透支，有什么小毛小病要及时就诊之类，琐屑而周到。等到我们要离开的时候，母亲照例都会让我们带上大包小包的土特产，并亲自把我们送到村外的路口，逐个叮咛一番之后，才依依不舍地向我们挥手告别。之后，她只是不停地抹着眼泪一直目送着我们，直到我们的身影消失在她老人家的视野里，再也找不着了，她才踯躅着独自返身回到家里。

现在，母亲去世了。尽管父亲仍然健在，可我总感觉自己就像一个孤儿，再也感受不到母爱的温暖了。年迈的父亲因为缺乏生活自理能力，如今一直跟着乡下的哥哥嫂子一家过日子。逢年过节回老家，除了在哥哥家团聚看望老父亲，我总会到老屋去独自默默地待上一会。老屋里的一切依旧，只是因为长久不住人，落满了灰尘。我坐在堂屋的八仙桌前，此刻，母亲就静静地待在东墙壁上，依然那么慈祥地望着我，嘴唇微启，似乎想要跟我说点什么。我知道，她老人家一定是又想询问我的生活状况，并关照我注意身体之类的。因为作为母亲，不管子女过得如何，她永远都是牵挂着的！可是墙上的母亲终于什么也没有对我说。有时我只能在梦境中寻找母亲。梦中的我回到了童年，在一片茫茫的荒原中迷了路，我于是拼命地喊着母亲，希望她能把我领回家。可结局我总是在大哭中惊醒，或者虽然找到母亲了，可她只是在一旁默默地看着我，并没有把我领回家。

临别时，我向母亲深深地三鞠躬，同时，眼泪便禁不住哗哗地掉下来了。我知道，有母亲才有家；没了母亲，我便再也找不到家了。

寻母

春日里的一个傍晚，一个孩子拎着满满的一大篮子青草，回到家。他穿过堂屋和屋子后面的天井，来到后面饲养家畜的茅草棚，将嗷嗷待哺的猪、羊、兔子等一一喂过，然后返回堂屋，坐到八仙桌前，照例地等待着母亲端出热气腾腾的饭菜。可等了好长一会儿，还是没见母亲熟悉的身影出现。他感觉奇怪，就开始满屋子地寻找母亲。找到父母的卧室，却见父亲虎着脸斜靠在藤椅里；找到屋前的青砖场上，又看见年幼的弟弟妹妹们正在玩掼纸拍、扔沙包的游戏。他又找到屋后的自留地上，希望看见母亲弯腰劳作的身影，可那儿空荡荡的，只有韭菜、青菜、芹菜与金花菜之类的植物在那儿一畦畦地蓊郁着、静默着。

站在自家的菜地里，他茫然不知所措。直觉告诉他，父母又吵架了，而且很凶，母亲又含泪离家出走了。可这回自己的母亲去哪儿了呢？眼看着西天的太阳正徐徐掉进连绵起伏的大山之中，感觉着渐浓的暮色正汹涌而来，似乎要将自己吞噬，他便疯狂地在田野里，在这片充溢着春天草木与庄稼清香气息的无边无际的家乡的田野里奔跑了起来。姆妈——姆妈——你在哪儿呀！孩子的呼唤声凄切而悠长，在空旷的乡野里回荡，最终却被苍茫的暮色所吞噬。

就这样奔跑着、呼唤着，跑走了西天绚烂的晚霞，跑来了满天闪烁的繁星，却没有呼唤来他要寻找着的自己的母亲。累了、乏了，再也跑不动了。于是，他就感觉自己沉重的身体终于重重地跌倒在了春夜旷野的麦地里。良久，他睁开双眼，感觉浑身寒冷得直哆嗦。他本能地将身子蜷缩成一团，仿佛麦地里的一条大青虫一般。满天繁星都眨巴着眼睛，朦胧而忧郁。想到了自己也许再也找不到的母亲，他双手掩面，又号啕大哭起来……

这是这些年来，时常会重复出现在我梦境里的情形。

如今，我已是年过半百的老人了，我的母亲也已经离我而去十来年了。可母亲的形象却并没有随岁月流逝而渐渐淡去，反而在心里越发地清晰起来。一开始我也百思不得其解，慢慢地我终于明白，其实这一切都源于我的童年生活经历。

我的童年是在苏南农村度过的。正值“文革”，缺衣少食，物质生活的贫穷自不必说。但也许是年幼无知的缘故吧，加之周遭生活环境无一例外的都是清贫，所以也并不觉得有多苦。困扰我童年生活的却是父母的不和。记忆中，那时我的父母经常吵架。起先我也不很在意，但年复一年，随着父母吵架频率的增加，程度的日益激烈，我们兄妹几个常常会被惊吓得不知所措。后来有好几次，我的母亲干脆带着年幼的妹妹离家出走，去了远在异地的舅舅家。母亲离家的日子里，每天傍晚，我都会站在村西头的高岗地上，眼巴巴地期盼着母亲的归来。可目送着一批又一批飞鸟投林，一片又一片晚霞消失，却盼不见母亲归来。一天天的盼望，一次次的失望，慢慢地一种可怕的感觉在我幼小的心灵中潜滋暗长了：母亲会不会从此抛下我们兄妹几个，再也不回来了呢？这样的念头一旦滋生，便像魔鬼似地盘踞于心头，再也赶不走了。此后，父母每吵架一次，母亲每离家出走一次，这个魔鬼般可怕念头的阴影便加浓变大一次。后来，尽管父母不再吵架了，母亲也终于没有抛下我们；尽管随着岁月的流逝，这份童年的记忆也渐渐地淡忘了。但这个可怕的阴影却一直潜伏于心底，并时不时地在梦境里冒出来困扰着我。

有道是，天下无不是的父母。对于父母之间的那些是是非非，我们这些做儿女的自然不便也不该多加评判。好在在那艰苦的岁月里，父母还是含辛茹苦地把我们兄妹几个拉扯大了，尤其是母亲，她老人家再苦再难，都对我们这些儿女不离不弃，这份母爱，着实让我们这些做子女的感恩终身，并深深地影响着我们的为人处世。

而现实生活中的一些场景，却时常让我揪心不已。因为工作的缘故，我整天和孩子们生活在一起。而每接一届学生，我几乎都能遇见若干个奇葩的孩子，他们或性情孤僻，或行为乖张。一了解，才发现他们无一例外地都是离异家庭的孩子。尤其是那些离开了母亲的孩子，无论男女，他们的脸上时常带有一股莫名的忧郁，班集体活动中往往落单，遇事胆怯、自卑而不知所措。究其原因，实在是因为缺乏母爱而导致的安全感缺失。我想，在这些尚未正式成年的孩子的内心深处，一定都是深切地渴望着有一份母爱的呵护吧？

也许，作为这些孩子的父母，当初一定有千万个理由选择离异。只是他们一定忽略了一个显而易见的事实：一对夫妻的离异，一份母爱的缺失，一定会给孩子造成终身的心灵伤害，甚至还会影响到孩子的三观。而每一个离开了母亲的孩子，终其一生都会在其内心深处寻找那份缺失了的母爱。

春天的思念

又近清明，又是乡野的油菜花盛开的季节。又到了给母亲上坟的时候。

丽日蓝天，暖风熏人，田禾混合着野花的香味阵阵袭来，我却怎么也无法心旷神怡起来。循着似曾相识的乡村田埂兜兜转转，终于来到了母亲的坟地。

一棵棵地除去坟头长了一年的杂草，一铲铲地培上一圈新土。在坟前端端正正地摆上数碟菜肴、几样水果，再倒上满满一盅黄酒。燃起两根蜡烛，点上一炷香。然后，我们兄妹几个带着随行子女，按长幼次序依次一一跪拜。见证这一切的，是坟头的两棵松树、一株古柏与几丛万年青。

袅袅青烟，在母亲的坟头上空盘旋、消散，消散在弥望的乡村春野之中。可这么多年来我对母亲绵绵不绝的思念，却始终都无法消散。

母亲是在那年深秋走的。那个西风劲吹、落叶萧萧的傍晚，与病魔搏斗了两年多的母亲终于油尽灯枯。当我从城里赶回老家的时候，她老人家已是奄奄一息。弥留之际，母亲断断续续地对我说，以后她再也无法关心我了，要我照顾好自己的身体，照顾好我那刚到异地上大学却水土不服的女儿。然后，她老人家便沉沉地倒在了我的臂弯里，永远地合上了双眼。我顿时泪流满面，泣不成声。从此我再也没有母亲了，再也没有时刻牵挂、念叨我的母亲了！

其实，早在三年多前，母亲的身体就时不时地出现问题了。只是她老人家一直误以为乡下人有个头痛脑热的不是什么大问题，就一直熬着。有时实在熬不住了，便上村合作医疗所配点药吃吃。后来，乡下哥哥来电话说，母亲的病似乎越来越重了，要到乡卫生院住院挂液了。我和弟弟、妹妹几个才从各自所在的城里赶回乡下去探望。再后来，母亲又犯病了，而且病得很严重。这才引起了我们兄妹几个的重视，特地上城里大医院给她诊病。一大圈检查做下来，被确诊为肠癌晚期。这一结果不啻晴天霹雳，把我们兄妹几个都震懵了！紧接着照例地便是联系专家、手术与化疗，可一切都为时已晚，病魔已彻底控制了母亲的身体，我们所有的努力只能尽量拖延病情持续恶化的进程。

手术后，母亲静静地躺在病床上。陪护在一旁的我，平生第一次得以如此近距离、长时间地注视着她老人家。此刻的母亲头发花白而凌乱，脸色蜡黄，布满皱纹。她偶尔微睁双眼，嚅动了几下嘴唇，似乎想跟我说些什么，但终因孱弱无力而作罢，只是伸出干枯的右手，轻轻握着我的手。看着眼前的母亲，我既怜惜心疼又倍感愧疚自责。

母亲是一位普通的农村妇女。那个年代的农村妇女，所承受的生活的艰辛较之于男人有过之而无不及。记忆中，翻田、灌溉、插秧、收割、挑担之类的农活，母亲样样都干。回到家，父亲可以抽烟解乏歇息了，可母亲还得打理家务，照料我们兄妹几个的衣食。尤其是到了农忙季节，母亲常常会累得腰酸背痛。有时候我半夜梦醒，甚至还会听到母亲在床上翻身时痛苦的呻吟声。加之我的父亲是个大男子主义极其严重的汉子，不但不体贴母亲，还时常将生活中所受的种种重压发泄在母亲身上。这让母亲十分痛苦委屈，常常暗自垂泪。即使是到了我们兄妹几个都成年以后，有时节假日回家，母亲还会在我们面前抹着眼泪抱怨父亲脾气如何如何地暴躁。可作为儿女，我们除了劝说父亲与安慰母亲，却什么也做不了。

母亲虽然自己目不识丁，却竭尽所能地支持我们兄妹几个好好读书。在那个大集体种地靠挣工分养家活口的年代，村上几乎所有人家的父母，都希望子女小学或初中毕业后回生产队帮自己干农活；可我的母亲却宁可和父亲一起，牛马似的没日没夜地干活，也要让我们坚持上学。因为劳力少，我们家每年年底都因亏欠生产队工分，而拿不回全年的口粮。因此，一到春末夏初青黄不接的季节，家里常常会陷入揭不开锅的窘境。记得我上初一的那个初夏的早晨，我准备去上学前向母亲讨要当天的午饭米带去学校蒸饭。母亲拿着我的饭盒进入后屋好一会后，才苦着脸走出来，打开饭盒盖子对我说：家里已经没有米了，你就把这两个土豆蒸了当午饭吃吧。我一时感觉委屈凄苦，强忍着泪水对母亲点点头。母亲却摸着我的头对我说：年轻苦，风吹过。儿子，越是这样，你越要好好读书，争取将来考上大学，为家里争气！后来，果真如母亲所愿，我、弟弟、妹妹都先后上了大学，并在外面城市工作、定居。这让母亲很是宽慰，并引以为豪。

当年的农村父母，因为缺少老年生活保障，一辈子的愿望便是希望儿女有出息，以让自己老有所依。我的母亲自然也不例外。可是我们兄妹几个后来都出息了，却并没有给母亲以依靠。在外成家立业以后，我们都忙于所谓的事业，忙于自己的小家庭，除了节假日，极少回老家探望父母，更不会主动去关心父母的生活与健康。而母亲却依然在为我们操劳付出着。我因为从小体弱多病，母亲便像是亏欠我什么似的，每次回家，总要先观察一番我的脸色，然后是嘘寒问暖地询问一统，末了，还要特地给我准备一份滋补身体的乡下食材。见此情景，一旁的妻子便半开玩笑地对我说：你永远是母亲眼里长不大的孩子！

是呀，在母亲眼里，我永远是个长不大的孩子！那是因为她老人家时刻牵挂惦念着我呀！可是这些年来，我的心里可曾装有过生我养我母亲呢？母亲的病，之所以由小病而拖成大病，以致到了无法医治的地步，不正是由于我们的疏忽与耽搁所致吗？每每思及此处，我便悔恨交加。

如今，母亲已长眠于地下了，留给我的只是一个高高的坟头，恍如她老人家的背影。临别的时候，我再次下跪，深深地磕了三个头。

四野里，油菜花金黄一片。

另一种幸福

今年刚放暑假没几天，哥哥特意从乡下老家打来电话，说是父亲已经生病两三天了，躺在床上起不来。

估摸着情况有点严重，第二天，我安顿好城里的家，急忙驱车赶回了老家。临近中午时分，我终于踏进了家门。堂屋的地上堆放着一地的竹篾、半成品的匾筛与竹篮子。很显然，父亲生病前几天还在做着这些竹器活。穿过天井，来到里屋，也没见到哥哥和嫂子，料想他们应该在地里干活还没回来呢。我轻轻走进父亲的房间，幽暗的光线中，只见父亲侧身向里躺在床上，床头的一架收音机里正咿咿呀呀地轻声播放着锡剧名段《双推磨》，这是父亲平日里最喜爱的戏曲节目，现在他还听着，大概是为了转移注意力，缓解身体的病痛吧。

我轻轻坐在床沿，发现父亲迷迷糊糊地睡着了。为了让他睡得更踏实些，我把那架老旧收音机的音量调到了最低。可就在此刻，父亲的身子微微动了动，并轻声唤了声我的小名。原来父亲并没有睡着呢！我看他想要翻身，可又动弹不得，脸上露出了十分痛苦的表情。我就知道，他的腰间盘突出压迫腿神经的老毛病又犯了，而且这回还很严重。看到父亲如此痛苦，想到哥哥如此忙碌，弟弟也在异地城市正上着班，而妹妹又出国旅游去了，只剩下我正在歇着暑假，征得父亲同意后，我当即决定把父亲带至我所在的城市去就医。

网上挂号等待专家门诊，检查做骨扫描，等待出片；再等待同一位专家门诊看片子确诊病情，然后等待医院床位做手术。如此从家里到医院，再从医院到家里，来来回回反反复复地折腾了近两周。这期间，父亲一直病卧在床，只能靠服药缓解病痛。因为饮食起居不能自理，父亲的一日三餐需要我喂食，洗漱也需要我服侍。每天还要跑菜场，尽量挑拣些让他可口的食材回来烧制。虽说大热的天如此持续不断地照顾父亲，让我累得筋疲力尽，甚至每晚都是头贴到枕头就入睡，但心里却是踏实的。

但难忍的病痛却让年近九旬的父亲情绪十分低落。有一次，他对我说：你就每天给我少吃点，慢慢地让我阴干掉算了。我虽知道这是父亲一时的情绪话，但心里却酸酸的很不是滋味。父亲是个一辈子都很要强的人，年轻时为了把我们兄妹四个拉扯成大，起早贪黑地在地里干活；农闲时间还要搞副业做竹器贴补家用，却从不叫苦叫累。那年冬天，生产大队要割资本主义尾巴，严禁社员们农闲时间做副业。父亲因为想要拿回年终欠生产小队的口粮，以免全家老小第二年春天忍饥挨饿之苦，违反禁令继续做竹器想赚些外快，半夜三更被前来抄家的民兵抓住，关进大队部，还要当作反面典型被批斗。后来，据说因为我家出身贫下中农成分好，公社没同意，父亲才被放回了家。即便面对如此之屈辱，父亲在我们面前依然没有半句丧气话，照样该干嘛还干嘛，继续担负起养家的重任！

后来，我们都成家立业了，父亲也老了，再也干不动农活了，照例应该享享清福了。可他就是闲不住，依然在家里侍弄竹器活，他那腰间盘突出的毛病，就是经年累月弯腰曲背地干竹器活所致。为此，我们兄妹几个都几次三番地反对，并苦口婆心地劝他别再干那累人的活了；可父亲依然我行我素地干着。无奈，我们只能告诫他以不劳累身体为前提，跟他妥协了。所谓孝顺，不就是既要孝敬又要顺从吗？父亲干了一辈子的竹器活，而且手艺又极好，他所制作的竹匾、竹篮、篾席等，在老家乡下的集市上极其抢手，有些老主顾甚至还特地上门要求定制呢。他如此执着于他的竹器活，实在是在享受一个手艺人的尊严与快乐哪！至于这竹器手艺给他带来的实实在在的经济利益，父亲都积攒着，等到我们兄妹几个家里遇到诸如买房、子女上大学或是成亲之类大事的时候，他都会上万上万地拿出来贴补给我们。妹妹还告诉我，父亲曾私下跟她说，他甚至已经把自己百年后所需要的开销都提前准备好了呢！我知道，父亲就是这么个要强并知趣的人。年轻时他对子女只有全心全意、默默无闻地付出；如今年老了，他也不想连累子女。

父亲手术很顺利，一切都如我们所企盼的那样。其实，术前我们兄妹几个对于到底是选择手术治疗还是保守治疗，很是纠结。咨询了许多中西医骨科专家，或建议推拿、服药与卧床休息之类的保守疗法，或主张承担瘫痪在床甚至手术中再也醒不过来等风险的手术疗法，让我们莫衷一是。后来，因为看到父亲实在疼痛难忍，我们终于抱着赌一把的心理选择了手术。那天，当父亲在经历了近六个小时的手术时间，终于挺了过来回到病房时，我们兄妹都激动得热泪盈眶。毕竟，对于我们这些年过半百或年近半百的儿女而言，还有父亲相伴，何尝不是另一种幸福呢？

现在，父亲正在老家乡下安心养病，身体也一天好于一天，我们兄妹也隔三岔五地轮流抽空回家探望。“十一”长假期间，我们相约回乡下老家与父亲相聚，父亲忽然跟我们商量说，等到身体再硬朗点，他准备继续做他的竹器活呢。我们都相视而笑：由着他吧，权当是让他老人家锻炼身体、愉悦身心吧！

生日

现如今，无论男女老幼，人们往往喜欢过生日。

上班的人们，因为忙于工作忙于生计，遇上自己的生日，常常会在家里摆上一桌饭菜，买个蛋糕，一家人喝点饮料或小酒什么的，也就将就过去了；倘若嫌麻烦，也会去饭店小聚一番。如果是孩子，那可就隆重多了。人们大都会提前选个周末或是节假日，预先去饭店订上几桌；还会置办些或实用或可心的礼物，让孩子高兴上好一阵。到了当天，便邀请亲朋好友热热闹闹地庆祝一番。孩子是每个家庭的希望与未来，给孩子庆生，其实是对美好未来的一种憧憬。给老人们过生日也是十分郑重其事的。无论子女们散得多么开，生日那天，一大家子欢聚一堂，儿孙们给老人祝福祝寿，还会送上一大堆老人喜欢的礼物。有道是，家有老人是个宝，图的就是个和和美美，喜庆吉祥。

而我却从来没有给自己过生日的习惯。我小时候生活在农村。20 世纪六七十年代，我们的父母尽管一年到头辛苦劳作，却依然要为全家的温饱而犯愁。再加上那时每家每户孩子都很多，父母能让他们吃饱穿暖，无病无灾地长大成人已是不易，其余的根本无暇顾及了。所以那时的人们，绝没有为家庭成员过生日的念头，久而久之，人们甚至忘却了自己生日。

后来外出求学，偶尔看到有从城里来的同学为自己过生日，虽然感觉新鲜好奇，却从不羡慕，因为内心并不觉得这是一件什么重要的事。参加工作，特别是成家立业以后，随着女儿的诞生，家里便每年要为孩子过生日了。女儿是我们的心肝宝贝，每年过生日，我们总要挖空心思地翻出许多花样，图的就是让孩子开心。其次便是给妻子过生日。妻子从小生活在城市，相较于我，家庭条件相对富裕些，加上环境的影响，所以对自己的生日也相对看重些。就这样，我们这个三口之家的小家庭，唯一不过生日的便是我了。有时候，妻子忽然想起了我的生日，便张罗着要为我过；可看看我这个当事者并不起劲，也就作罢。只是每逢与“九”沾边的年龄，按着我们这儿的风俗是必须要过生日的，因为据说这攸关人生的什么运势。于是，在妻子的再三逼迫与张罗下，我就在家里多弄几个菜，添置个蛋糕，完成任务似的简简单单地把这生日给过了。

那年深秋，我携妻儿回乡下探望父母。看到日思夜想的孙女，母亲自然是高兴得忙东忙西，准备了一大桌饭菜款待我们。临别时，还特意打包了一大堆自产的新米、新鲜蔬菜与水果，还有家养的草鸡蛋什么的，装进我们车子的后备厢。女儿喜不自胜，高兴地说道：过两天我过生日，可以在家里享受这些绿色食品了！刹那间，像是受了什么提醒似的，我突然感觉，应该也给自己的父母过个像样的生日呀！于是，我当即将这个想法告知了二老。谁知母亲却说：唉，我都不知道自己的生日是哪一天。再说，乡下人可没有你们城里人那么讲究。惊讶之余，一阵莫名的伤感掠过我的心头。

现在，女儿成家立业了，也有了自己的孩子。于是乎，每到妻子与我的生日，她都会及时提醒并像模像样地给我们操办一番。为了不辜负她的这片孝心，我和妻子自然是欣然接受。真所谓养儿方知父母恩，这个本来在我心里似乎永远也长不大的孩子，突然让我感觉一下子懂事了，也真正长大了！可是每当给自己过生日时，高兴之余，我往往会无限伤感：要是我的母亲仍然健在，那该多好呀，我也可以给她老人家过生日了呀！同时又会无端地平添莫名的自责：为什么在她老人家在世的时候，我这个不肖之子竟然没有给她过过一个像样的生日呢？没有她老人家，哪来我之“生”，更何谈我的“生日”呢？

其实，细想起来，现代人之所以热衷于过生日，无非是因为生活富足了，安逸了，便以此祈求对幸福生活能永远与自己相随相伴的美好愿望。同时，也借此表达对个我生命的珍惜与尊重。只是树高千丈当思根，水流万里应寻源，我们可千万不能忘了自己生命的根与源啊！

愿天下所有儿女，在为自己过生日的时候能想到父母，尤其是母亲。因为你的生日，其实就是你母亲的受难之日。唯有明白自己来自何处，才会知道应该去往何方，才会懂得如何善待父母，如何为人处世。

相聚

年纪慢慢往上走，就越发地珍惜和怀念与亲人的相聚。

我们家兄妹四个，哥哥、我、弟弟和妹妹。如今，母亲已经过世，父亲也已近九十。除了哥哥嫂子陪着父亲生活在无锡乡下，我们下面三个都成家立业在附近不同的城市里。

20 世纪 80 年代末开始，我们兄妹几个就像一群麻雀，相继飞离了乡村这片林子，四散到附近的城里安家落户，我们的父母便成了名副其实的空巢老人。现在想来，当时父母看着我们就像羽翼渐丰的小鸟，一只只地飞离他们身边，最后只剩下他们两位孤独的老人，内心一定是很失落的。世上唯有父母的爱是以分离为目的的！此后我们各自为生计而奔波，在职场、在家庭，忙得跟陀螺似的飞转，因而也极少回家探望父母。只有到了每年六月与十一月的麦收与稻收季节，才会相约利用某个天气晴朗的周末时段赶到乡下。妹妹和她的嫂子们帮母亲打下手做家务活，看管孩子；我们兄弟三个带着妹夫帮父亲去地里收割、脱粒，然后运回门前的场地上翻晒、归仓。晚饭的时候，一大家子团坐在饭桌前，一边享用满桌丰盛的饭菜，一边七嘴八舌地拉着家常。此刻，平时滴酒不沾的父亲便会从一口瓦瓮里舀出他去年冬天里自酿的米酒，一碗碗地端到我们面前，老幼无欺，共同享用。一则为了解乏，二则为了庆祝全家的相聚。

甜甜的米酒散发着稻谷的浓香，弥漫在整个农家的屋宇间，沁入了我们每个人的心脾。父亲平时是个沉默寡言的人，可一喝上这醉人的米酒，脸也红了，话也多了。他说他本来觉得自己和母亲养了我们兄妹四个，几乎每年都要熬过一段青黄不接的饥荒日子，加上家里除了种地养猪养羊等，没有别的收入来源，这辈子是苦到底了；没想到后来改革开放了，土地承包了，更重要的是他又可以和哥哥一起重拾竹器手艺赚外快了，于是全家的日子慢慢地也好起来了。他说他现在感觉自己是个成功的父亲，在乡亲们面前也是扬眉吐气的。因为那个年代在农村，一户人家有三个子女都考上大学，这在全村乃至全乡都是独一无二的！他还说，只可惜这改革开放晚了点，哥哥没能赶上好时机，否则凭他和母亲的遗传基因，哥哥考个大学也是没啥问题的。父亲的这番“得意忘形”的醉话，着实让我们兄妹几个既高兴又感慨。天下父母，尤其是像我们这样的老实巴交的农村父母，从来都是以自家子女的有出息为自豪的。为了子女，他们可以牛马般劳作，可以低眉顺眼乃至卑躬屈膝。如今，在父亲眼里，我们兄妹几个都“出息”了，他老人家和母亲能不高兴吗？可他和母亲把我们兄妹四个从小拉扯到大的种种辛苦与辛酸，又有谁知晓呢？

除了农忙季节，更多的相聚是在过年时候。

秋收完毕，便是翻土晾晒，挖田沟，整畦垄，等到撒完麦子种完油菜苗，秋种也就大致停当了，剩下的便是大片空闲的冬日农闲好时光了。这时候，父母亲和村上所有的乡亲们一样，便早早地开始打理过年的事宜了。

首先是开垄。天刚蒙蒙亮，父亲便来到自家后屋仓房里，将堆成一座金山似的黄灿灿的新收的稻谷全都装进一个个大麻袋，搬上叫来的大卡车，然后跟着司机师傅运到附近镇上的加工厂。待到午后时分，这些稻谷已经全都变成白花花碎银般的大米，安安静静地躺在后屋的仓房里了。和麦收后一样，父亲又找来了四个白色棉布袋子，装上四大袋子，然后整齐地竖在墙角边，等待我们兄妹四个抽空回来取；万一我们没空，他必定先用三轮车驮到镇上，再转上好几路公交车，一袋袋地送到我们在城里的家；顺便还捎带些时令的蔬菜和家养的鸡蛋什么的。记忆中，自从我们成家起，十多年的时间里，父亲每年都如此，从不间断。我常常想，在父亲朴素的意念中，他只是希望自己的子女能吃到原生态的米面等食物。而在我们，每当吃到父亲千辛万苦从乡间送来的香喷喷的白米饭，更多的则是感受到了浓浓的家的温馨，恍惚间，感觉自己依然和小时候一样，围在老家堂屋的八仙桌前，与父母一起吃着饭。我们就像四棵移栽进城里的树木，带土的根须里，一直源源不断地汲取着来自家乡的养分。

接着便是修锋茅。在乡下，一到深冬，房前屋后、河岸滩上、桑田旱地，全是脱光了叶子矗立于苍黄天底下的各种各样的树木。乡下人讲究实用，一般都栽种能够成材的榉树、榆树、枫树、椿树之类的硬木，这些树木虽然长得慢，可每到谁家的儿子娶媳妇或女儿出嫁，就可以选上几棵粗壮的倒下来打制家具。如今，经历了春发叶子夏长枝的又一年疯长，这些树木全都枝丫满树了。它们就像一帧帧古意盎然的立体画，镶嵌于空旷苍茫的天地间；又像一幅幅大写于天地见的狂草，随情随性，无拘无束，像极了乡下人的个性。此刻，父亲掮着一架木梯，挎着一柄钩锯，来到自家的树下，先抬头打量一番，然后竖起木梯在树干上一靠，爬上去将那些紧贴在树干低处的当年新长枝条锯掉，再爬上更高处，骑跨在粗壮的枝干分杈处，把那些长得过密的枝丫锯去。有些树木的叉枝实在过于粗大，影响了树干的成材，父亲就会毫不犹豫地截掉，并在碗口大的伤疤上细心地包上一块厚实的塑料纸，以防树虫侵蚀。就这样，不到半天工夫，每棵树下便堆了一地的被锯下的枝条。父亲又把他们拖到门前的场地上，再花上几个半天段成木柴，捆好，堆放在屋檐下，以备蒸年糕时的烧柴之用。

此时的母亲则在家里忙着过年的杂活。她用稻柴扎成一把扫帚，绑在一根淡竹竿上，从房间到堂屋，自屋里向屋外，将房梁上、屋檐下与门框上累积了一年的灰尘一一掸去。紧接着又马不停蹄地擦窗户，洗被褥，打扫屋子的角角落落。一切收拾停当，便去后屋的仓房内拣择出三四捆个高粗壮而又骨子硬实的稻柴，撸去柴壳，一抱抱地摊晒在村前田岸上。待到这些上好的稻柴暴晒过几个日头，变得干爽松软了，母亲便把它们抱回屋里，铺在她和父亲房间的床上以及家里预留给我们兄妹几个的床上。记忆中，每次回家过年，晚上躺在这样绵软而又散发着稻柴清香的床铺上，暖和、舒适，连梦都是香气四溢的。

而自从母亲过世后，我们的相聚便改在清明了。

母亲走后，父亲便跟着哥哥嫂子一起过日子。从此，我们兄妹几个这个共同的家也就散了。每年的农忙季节与过年，再也不会不约而同地回去相聚了。母亲就是家，没了母亲，我们就是失去了家的孤儿！乡下人都讲究入土为安。母亲过世的第一个清明节，我们都早早地回到了老家，把一切准备工作都做好了。第二天一早，哥哥却说他昨晚做了个梦，梦见我们兄妹几个要送母亲出远门；可母亲怎么也不肯走，说是她要留在家里给我们看门。一时间，我们都热泪盈眶：母亲是不舍得离我们而去啊！其实，我们又何尝舍得她老人家走呀！于是，我们临时改变主意，把母亲的遗像悬挂在堂屋的右墙上方，紧挨着下面安置她老人家的骨灰盒，供奉上菜肴蔬果，燃蜡蚊香，对着我们的慈母，对着我们生命的源头，一一依次祭拜。临别的时候，我们走到村外，习惯性地回望村口，却再也见不到母亲殷殷送别我们的身影了，不禁潸然泪下。

五年后刚过完春节的一天，哥哥来电话告知，乡下要动迁了，我们的老屋可能也要拆除了，说是应该考虑下安葬母亲的事宜了。当年的清明，我们请来了附近飞来庵的师傅们做了场法事，按照老家的规矩，十分隆重地把母亲安葬进了乡里统一规划的公墓。我们这样做，倒不是要讲究什么排场，只是希望为我们操劳了一辈子的母亲，能安心地去往另一个世界，从此不用再牵挂我们了。过完节，回到我城里的家，当晚却做了个奇怪的梦，梦见母亲躺在床上，对我说她的垫被很潮湿她很冷。我不敢怠慢，当即告知了弟弟妹妹，并嘱托乡下的哥哥去坟地察看情况。原来，母亲所在的墓地在公墓地势的低洼处，清明的雨水全都淤积在那儿。于是，当周末我们又特地赶回乡下，在墓地旁边开挖了条小沟渠，把积水引到公墓墙外的小河里。虽然母亲已离我们而去了，可母子之心永远是感应相通的啊！

与亲人的相聚其实就是一场盛宴，酸甜苦辣的菜品摆满了一桌子，每个碗里都盛满着浓浓的亲情；也是一首感恩诗，让我们在一次又一次的品读中，去感恩生活中风霜雨雪的馈赠，感恩父母那山高水深般的恩情；更是一曲追思交响乐，在跌宕起伏的时光之流中，去探探寻们的来路，回首我们的过往。从而使我们领悟：我们的生命来自何处，去往何方；又该以怎样的姿态让我们的生命之流在生活的大地上一路穿峡谷涉险滩，恣睢汪洋，去惠泽万物生灵。

一米这小子

一米是我的外孙，今年七岁了。关于他的趣事，简直够装几箩筐。

因为自出生之日起便与他朝夕相处的缘故，我对这孩子的一切都了如指掌，可谓见证了他的成长。

这小子很小的时候便对外界事物的感知能力极强。

他出生刚满四十二天的时候，我和夫人一起带他去母子中心做首次新生儿例行体检。当我抱着他跟随护士穿过宽敞的门诊大厅，前往专门诊室的时候，这孩子竟然对着天花板上柔和的灯光，连续发出了好几次十分清晰的“嗯嗯嗯”的叫声！我一时很好奇，告知了夫人。一旁的护士听到了，便笑眯眯地对我们说，这孩子长大后很聪明的！我和夫人自然是将信将疑，但心里却乐滋滋的。

四五个月大的时候，他整天躺在婴儿床里，除了吃奶便是睡觉。等到他醒来的时候，我总会坐在旁边看着他、逗逗他。他呢，不但表情十分丰富，四肢拼命摇摆，还会发出“呜呜”的声音应答我。大概是十分熟悉的缘故吧，有时候我只是默默地坐在他身边，并未逗引他，他居然也会发出哼哼唧唧的声音主动搭讪我！我十分欣喜，便学着他的样子跟他咿咿呀呀地攀谈起来。此刻的他便更加起劲了，小身体拼命摇动着，把整张婴儿床都晃动得叽叽嘎嘎地响，小嘴巴还不停地冲着我发出“呜呜”的声响。这样的过程常常会持续六七分钟，直到最后他倦了乏了，才沉沉地继续睡去。

记得他刚学会走路的那年的春天，我带他到附近的湿地公园去玩。他站在一片波光粼粼桃红柳绿的湖面前，用小手指指着，大声地对我喊：“灯美！灯美！”我一时很纳闷，后来才反应过来，其实这孩子是在抒发对眼前美景的赞叹之情：“真美！真美！”只是口齿不清，把“真”说成了“灯”。

这小子爱听故事爱看书，也时常想入非非。

很小的时候，每逢我陪睡觉，他都缠着我讲故事。我就用尽量浅显的语言跟他讲愚公移山、精卫填海、夸父追日之类的神话故事，与闻鸡起舞、孟母三迁、火烧连营之类的历史故事。他都听得津津有味，疑惑处，还时不时地打断我，向我提问。等到这类故事听腻的时候，他就要我给他讲我小时候的故事，并提要求说：“讲刺激点的、搞笑点的、灾难点的。”每当他听得开心的时候，常常会激动得手舞足蹈，大声尖叫。后来，我就让他在手机上听故事，诸如“喜马拉雅”上的长篇历史故事《武则天》，或是其他的科幻与玄幻类故事，他一样听得如痴如醉。

他看书很多很杂。一开始只是看纯绘本的；后来便是图文并茂的，遇到不认识的字，他便走到大人跟前求教；再后来，随着识字量的增加，他居然能看纯文字的童话之类的故事书了。现在，他已经在看《格林童话》《三百六十五夜故事》与《哈利·波特》了。因了父母的刻意安排，家里到处是书，地理的、生物的、海洋的、天体的、历史的、文学的、艺术的……但凡适合他的，无所不有。因而他也顺手取来，样样都读。

有一阵，他读了图文版的《宇宙的奥秘》，每天晚饭后散步时便跟我喋喋不休地大谈特谈银河系、太阳系与暗物质、黑洞之类太空知识。恰巧那阶段父母带他去看了《流浪地球》，大概在他的小脑袋里时刻都在忧患着地球与人类的命运，他便振振有词地跟我说，火星是地球之外最有可能适合我们人类生存的星球，以后我们可以移民到那儿去。又说，等他长大了，一定要当个天体物理学家，在月球上制造大气层，让我们人类去旅游！

最近，他读了一本名叫《如果历史是一群喵》的漫画版少儿历史读物，便又想入非非起来了，对我说，他也要当一个像唐太宗一样伟大的皇帝；还在自己的大名与小名之中各取了一个字，自封为“圣米大帝”！那天晚上睡觉前，他又把那本书翻阅了一遍，然后一本正经地对我说：“外公，你听着，明天我就要正式当圣米大帝了！”我说：“好，你想当就当吧。”然后，他便心满意足地倒头睡去了。估计那晚的睡梦中，他一定梦见自己正式登基，当上他心心念念的圣米大帝了！

这小子反应敏捷，精灵古怪。

带他外出旅游，在陌生的城市或山林，我常常会晕头转向方向莫辨，而他却能依据太阳光线给我指出东西南北。去年春节带他去缅甸游玩，在曼德勒前往内比都的大巴车上，他跟同团的一位比他大两岁的南京小朋友玩得很投缘。两人相互猜谜语、背古诗，显得十分融洽；可后来便炫耀起各自在幼儿园与小学的成绩或荣誉了，还拿出了各自的爸爸相互比厉害。到最后，竟然为了世间有没有灵魂这个问题发生了争执，都争得面红耳赤的，一副互不服输的架势。一开始，整个车厢内的人们还都在交头接耳地讲着各自的话；到后来，随着他们争吵得越来越激烈，大家的注意力全都被他们吸引过去了，都在一旁笑眯眯地观赏着他们。中途停靠旅游饭店用餐结束后回到车上，那位南京小朋友对地陪导游报告说，他妈妈今天没有吃饱饭，午餐时要求添饭时，饭店服务员没让添。导游说，你当时为啥不跟我说呢？此刻，这小子似乎逮到怼对方的机会了，接过导游的话茬，很激动地站立在座位上，高声叫道：“是呀，你当时为什么不说？你这叫不孝，知道吗？”弄得一车厢的人全都哄笑起来。

在缅甸的旅游商店购买翡翠，我让懂玉石的同行的朋友给他挑选了一枚平安扣，他高兴得如获至宝，又蹦又跳。回到酒店，朋友跟他开玩笑说：你这平安扣带回家，如果弟弟要跟你抢怎么办呢？他当时只是小眼睛一骨碌，皱了下眉头，没说什么。两天后，导游又带我们去了家翡翠店。一进店，这小子居然拉着我朋友的手直奔儿童翡翠专柜，一定要给弟弟也买上一枚平安扣。朋友妻子见状，笑着跟我说，这小子真是个精怪！

上幼儿园中班的时候，他的班主任老师告诉了我一件趣事。有一次体育课上，他不小心摔了一跤，后脑勺着地了。他很紧张，满头大汗，涨红着小脸，气喘吁吁地赶到班主任跟前，一本正经地说："邱老师，你给我出道数学题考考吧。"老师觉得好笑，随口说："七加八等于几？"他马上高声说道："等于十五。"随后十分高兴地摸摸自己的后脑勺，说："还好，没变傻。"当场把几个老师都笑得前仰后合。

这小子兴趣广泛，对什么都充满好奇。

他爱踢足球，爱打羽毛球，爱下围棋，爱跳街舞，虽然学的都是皮毛，但自吹很有感觉。他爱旅游，小小年轻已跟着父母去过除非洲之外的世界各地十多个国家。这次因为暴发新型冠状病毒肺炎的缘故，父母取消了三月份带他去夏威夷的行程，他知道后，哭得呼天抢地，声泪俱下，十分伤心。

前年秋天带他去安吉山里小住，他听农家乐老板说后面的山里每到傍晚会有野鸡出没，来了兴致，便硬是拖着我要求前去守候观看。我缠不过他，只得带他去，可一直守候到天黑，也没有见到半只野鸡的影子。失望之余，他对我说，第二天还要去守候。去年春天和他一起去宜兴山里踏青，我们准备买些新鲜的毛竹笋带回家，便让山民现场去挖掘。当时，我们几个大人既怕山泥弄脏了鞋，又担心被虫子叮咬，都站在山脚下的小路边，远远地看着山坡上山民的挖掘。没想到这小子却一溜烟地跑进了山林里，紧跟着那位山民将一只只竹笋挖出，其间还不时地问这问那的。等到挖完竹笋回到小路边，这小子居然跟那位山民厮混得跟老熟人似的了。

去年放暑假前，为了满足他的好奇心，我带他到我任教的学校。刚到学校大门口，看到“景范中学”这个校名，他便问我这校名是什么意思。我便一五一十地给他解释说，“景”是景仰的意思，“范”就是范仲淹。还跟他讲解了一通当年范仲淹舍家宅设义庄办义学的历史。他照例又是一边认真地听，一边不断地向我提出各种各样不懂的问题。末了，我还跟他说：你爸爸的母校苏州中学，就是当年范仲淹所创办的苏州府学。这下可勾起了他的兴致，整个暑假便一直缠着我要去苏州中学参观。无奈，我选了相对凉快的午后，特地带着他去了趟当年的府学，如今的苏州中学，还在他指定的几个校园景点给他照了许多相。

后来，我又跟他说，他妈妈的母校十中也很有名，曾经是清朝的江南织造府。没想到他一边继续搭着手中的积木，一边抬起头来十分鄙夷地对我说：“有什么了不起？相差好几百年呢！跟宋朝的府学能比吗？”那神情，仿佛是一位熟悉中国教育史的专家，实在让人忍俊不禁。不过，事后想想也是的，这小子对中国古代朝代的更替能倒背如流，甚至连有些朝代的皇帝年号都了如指掌，他是有理由不屑了呀！

这小子做事专注，且极有忍耐之心。

他读书的时候，你再怎么叫他，他都充耳不闻。有时叫得他烦了，他便躲到一个安静的角落里，继续看他的书。可如果是他搭积木或是玩玩具的时候，但凡大人们讲话，他都会在一旁偷听。有时候大人们觉得所谈话题不适合他听，想要避开他换个场所讲，他却会不声不响地紧随着，继续偷听。

那年父母感觉他对画画很感兴趣，给他报了一周两次的图画班。那阶段，每逢画画的日子，他都会早早地主动催促大人们送他去学习班，几乎风雨无阻，从不迟到。而且每次学习回来，晚饭过后，总会像模像样地架起个画板，煞有介事地在自己的房间里画上一黄昏。老师也反映说，在幼儿园，像制作植物标本、栽种花草小盆景之类的，只要是他感兴趣的事，他都能做得很投入、很精致。

去年夏天，我带着他去参观他向往已久的城市博物馆。那天上午天气十分闷热，让人几乎喘不过气来；日头也格外地毒辣，晒在身上滚烫滚烫地。更要命的是，那天的人似乎特别多，长长的排队队伍都在大门外面折了两个弯。我有点后悔了，生怕这小子吃不消中暑，便对他说："算了，改日再来吧？"可他就是不肯，硬是十分耐心地在太阳底下汗流浃背地排了近一个小时的队。傍晚回到家，一张小脸被晒得红红的，就像个小关公。

这小子长得虎头虎脑的，头发浓密，精力充沛，脾气倔强。

和天下所有同龄的男孩一样，他调皮捣蛋，不守规矩，经常闯祸，甚至还要打架。他爱看电视、玩游戏，但大人们怕伤他眼睛，常常限制他。他便一脸不服地说："凭什么你们能看，我就不能看？"为此他还撒气砸坏了一台电视机，摔坏了一个 iPad。有时候挨了父母的打骂，为了出气，他便趁他们上班的时候，悄悄溜进父母房间的内卫，故意将尿撒在卫生间的地面上，以示报复。等到被父母发现了，骂他。他自知理亏，任大人们怎么他，他都一声不吭。

他从不睡午觉。一次我去接他放学，班主任老师跟我告状说，午睡的时候，他不但自己不肯睡，还经常去招惹旁边床位的孩子，说话吵闹。回到家我批评他，他却说："我睡不着，凭什么一定要我睡？"我说那你为啥还要破坏纪律讲话呢？他振振有词地说："可是我没劲呀！"不过后来老师却从没有因为午睡的事给我们告过状。我有点纳闷，侧面问他。原来他从此以后学乖了，午睡时，他就睁着眼睛安安静静地躺在床上想心事，听到老师来检查的脚步声，便假装睡着，有时还装模作样地打呼噜。

上大班的时候，他转学到了一所新的幼儿园。开学的第一周，不知为了一件什么小事，居然跟班上一位跟他一样脾气的同学打了一架，把一颗本来将要脱落的乳牙都给打掉了。事后的一次饭桌上，我调侃地问他，那次打架赢了还是输了呀？他豁开掉了颗门牙的小嘴巴说："两败俱伤！"我忍不住喷饭。

上学期期末，外婆去接他放学，他说要去同学家玩，外婆不同意。他便大使性子，在车上的后座上大吵大闹，对着驾驶座椅拳打脚踢。待到在小区地下车库将车停好，外婆忍无可忍地将他从车里拎了出来，狠狠地揍了顿屁股。他有点猝不及防，居然不吵不闹不反抗，只是像个大尾巴似地一路跟在身后上电梯，进家门。等到走到家里，他弟弟奔过来亲热地喊“阿婆”时，他气鼓鼓地对弟弟说：“叫她老太婆！”弄得外婆既好气又好笑。

因为他的坏脾气，因为他的经常闯祸，除了我，全家所有人都打过他了。可说实在的，面对这么个有棱有角、聪明可爱的孩子，我是既舍不得骂，更舍不得打哪！

下半年，一米即将上小学了。未来的岁月里，愿这株可爱的小树苗，能健健康康、自由自在、个性鲜明地快乐成长，有朝一日成为对国家、对社会的有用之材！

第三辑　风物篇

独坐古樟树下

天色欲明未明之际，我独自端坐在村口的古樟树下。

是昨天傍晚携妻儿来到明月湾的。安顿好食宿，正欲外出随便走走，感受一下山村的宁静，不料天公不作美，下起了一场暴雨。失望之余，只得囚居旅舍之内，如城居一般一家人围着电视打发时间，然后入睡。想想也奇怪，早年生活于农村，天天与大自然亲密接触，可偏偏羡慕城居生活的繁华热闹，老想着要往城里钻。而今在城里待腻了，却又向往起乡居生活来。无奈整天忙忙碌碌，似乎总抽不出一丁点儿工夫去安享大自然的宁静与安逸。这个秋日的周末，总算偷得浮生一日清闲，来到了山间湖边的西山明月湾。

山风裹挟着湖霭扑面吹来，凉爽又湿润。朦朦胧胧中，有零零落落的几个身影从散居于山坞各处的人家漂移过来，在必经之路的村口老樟树下互致问候。于是，有的扛着渔网，来到水边，解开系在老柳树下的渔船，出湖去了；不消一上午，他们准会鱼虾一大篓、菱藕一大篓地提上岸来，这些鱼虾、菱藕旋即成为人们餐桌上美味佳肴。有的挑着大竹筐，径直钻进山林里；待到太阳升到树头顶，他们则会在古村落的各个要道口一字排开，满脸堆笑地在向进村游玩的各方客人卖力地推销着自家新鲜肥硕的石榴、板栗、橘子之类了。

当西边的一弯残月跌入湖底的时候，东方的天空已是早霞绚烂了。眨眼间，一轮朝阳跃出水面，水润润鲜亮亮，就像一颗招摇于枝头的大樱桃！夜雨后的天空澄碧如洗，笼罩着一碧万顷的太湖水面，笼罩着连绵起伏的苍翠山峦。古村从昨夜的酣睡中欠身醒来，长长的一声哈欠吐出数蓬乳白色的烟岚，悠悠然飘漾于身后的山顶沟壑；四野里鸟鸣婉转，长一声短一声、有一处没一处地；淡红的阳光斜投进山林、村庄，渲染处炫亮，留白处灰蒙。此刻的明月湾，如同一位行将盛装而出的名角，尽情享受着繁忙前的安闲。

有游客陆续进村了。他们似一股巨大的水流，急速聚集到村口的古樟树下，然后顺着一条条巷弄，四散开来，漫进深藏于山坞的角角落落。喁喁交谈声、前呼后拥声、惊奇叫喊声，就如同时而汩汩时而哗哗时而飞溅的溪涧，在古村落的四处喧响弥漫。于是，悠闲踱步的公鸡惊飞了，懒散卧躺的狗儿狂吠着，就连原本婉转于枝头的鸟儿也敛息噤声了。于是，每栋古宅前几乎都摆上了山货摊、湖鲜位，每户农家里几乎都开设着小饭馆、小旅舍。古村明月湾，简直就是一片不折不扣的闹市区！

古樟树就像一位饱经沧桑的老者，见证着眼前的一切，日日月月，岁岁年年。

明月湾，本是太湖孤岛洞庭西山的一个名不见经传的普普通通的小山村，风光旖旎，环境幽静，民风淳朴，是个名副其实的世外桃源。可自从架桥通路进了山，宁静被打破了，源源不断的客流裹挟着欲望、利益滚滚而入，原本静如处子、淡泊寡欲的明月湾，便和其他任何一处景点一样，喧嚣起来了，富裕起来了，也浮躁起来了。为了吸引游客，招揽生意，山头毁绿盖旅舍，水边凿堤建饭馆，污水直接排放进太湖——也许，这些都是开发旅游之必需；也许，这是改善人们生活之必要。可是明月湾附近山林乃至整个西山岛野生动物的锐减是事实，太湖原生鱼类的灭绝也是事实。

开发，就必然带来破坏，只是进度的快慢、程度的大小罢了。我们人类的可悲就在于，总是自作聪明地以为自己才是这个星球的主人，于是为了一己之私，公然蔑视其他生命的存在，毫无节制向山林湖泊，向海洋天空，乃至向地球深处，索取索取再索取！殊不知，这世界本没有什么主人，我们只是这个星球的普通一员罢了；而真正主宰我们的，是大自然的铁律！

晌午的时候，我依然独自端坐在明月湾村口的那棵古樟树下。

绿树荫浓夏日长

偌大的一片山坞里，竹树环绕，浓荫蔽日。林子深处的坡地上，古木参天，碎石铺地。一张青石圆桌架于中间，数条长方石凳围成一圈，几个懒散的男女或端坐或斜靠。桌上放着两三个玻璃杯，里面清一色都泡着地产的碧螺春茶。就这样，一群认识或不认识的人们，在这夏日午后的浓荫下，随意地聊着些闲话。凉风习习，轻松惬意。偶尔，身边树枝上的鸟儿起了兴，也会冷不丁地凑过来叽叽喳喳插上几句。

这样的景象，在夏日的山村随处可见。他们有的本就是当地居民，偷个闲来山里乘凉；有的则是腻烦了城居生活的喧嚣，特地从城里赶来的避暑散心的。工作太忙，生活太烦，天气太热；而神经需要放松，思维需要梳理，心灵需要补水。于是，这郊外的山林便成了理想的休憩之所。

不禁想起了前阵子与辛迪等几个朋友相约去浙江临安太湖源避暑的情景来了。

躲进了蓊蓊郁郁的大山深处，感觉自己就像是远古的终南隐士。我们在一条若隐若现的山涧里逆流而上，光脚、赤膊、散漫、跌跌爬爬地行进。乏了，拣一处树荫溪潭坐下漫谈。我们谈教育，谈创作，谈世相。辛迪是个理想主义的忙碌者，头发浓密，精力充沛，这些年致力于儿童作文教学事业，殚思竭虑，苦心经营，硬生生地在作文教学领域拓开了一条新路。而他一路走来，每逢事业发展的关键节点，总会觅一处幽静的山水，予以理性的思考与斟酌。我们就这样漫无目的地神聊着，末了，环顾四周。树，绿得层次分明；天，蓝得白云悠闲；水，清得通透如镜。

于是又想起了蒲松龄。此公举毕生功力，著就一部《聊斋》，借狐仙神怪，道人间真情。而其素材，史传居然均来自他夏日午后在巷口瓜棚下与村夫野老的闲聊！试想，蝉声叫闹声中的夏日午后，一棚茅屋，背靠绿树覆盖的村庄，面对一碧无际的稻田，三五个闲人围坐于内，品茗聊天，谈古今，说四海，论人世，道神怪。也许聊者无心，但听者有意，于是乎思接千载，神游万里，智慧之泉喷涌，灵感火花四溅，日积月累之间，一部文学巨著就这样被“聊”了出来！

而儿时的情形更是让我难忘。河边的石拱桥头，水井栏旁，老榆树下。老奶奶摇着芭蕉扇靠着粗树桩，脚边团着只小花猫，一群孩子围坐于面前，不远处还有两条大黄狗不安分地走来走去。嘎吱一声，奶奶在竹靠椅上直了直身子，这夏日午后的故事便照例地开始了。讲的都是自己或他人的故事，真实琐碎却不成体系。但讲者头头是道，沉浸在回忆里；听者津津有味，想象于憧憬中。

人生在世，忙忙碌碌，劳生草草。但生活需要回味和展望，人生必须设计与创造，这就需要我们在匆匆旅途中去寻觅一片绿荫，停一停、歇一歇、想一想。而这片蓊郁幽静的绿荫，其实就在我们每个人的心里。

夜访琅琊山

到达滁州已是晚上。

出城往西南方行进六七里，我们便进了琅琊山。弯弯绕绕上上下下了一刻钟光景，我们的车就在一片灯火辉煌的楼群前停下，一看招牌，是前些年住过的度假村。

安顿好住宿后便晚餐。餐厅里就一些零零落落的散客，却觥筹交错，劝酒划拳行令，一个个面红耳赤，煞是热闹。据说游琅琊山全都是冲着醉翁亭来的，全都是为了想当一回醉翁醉卧山林，全都是被一篇《醉翁亭记》吸引而来的。我们自然也不例外。这恐怕是千年之前的醉翁欧阳修做梦也没有想到的。其实被吸引到此的岂止是我们，翻开一本《琅琊山志》，自宋代以来，文人墨客、达官贵人、富商巨贾，到此一游者不计其数，有的还是二游三游；而且大都吟诗作赋，其中还不乏好事之徒，遗留下一点风流雅事，供后人去想象品味。

山以文名，景以人胜，这自然是常理。王羲之的《兰亭序》炒红了兰亭，崔颢的《黄鹤楼》炫丽了黄鹤楼，范仲淹的《岳阳楼记》使岳阳楼名扬天下。只是和欧阳修一样，他们当年作文赋诗，仅仅是感物抒怀或托物言志，至于被后人借题发挥去开发旅游，甚至是破坏性的开发，那纯属莫大的意外。于是，我就无端地揣测，如果这些名人生活在现代，会不会效仿当代的一些大腕，也愤然而起，以侵权罪起诉，与有关部门对簿公堂呢？那一定会电视搞专场报纸辟专栏网上发帖子地讨论吵闹好一阵，群情振奋，各方受益。

就这么胡思乱想着用完了晚餐。想到回房休息实在太早又无聊，有同伴提议去夜游琅琊古道，大家欣然同意。

以深秀湖为界，古道一头通向醉翁亭，另一头直至琅琊寺。何去何从，一时间我们没了主意；不过转念一想，往哪一头都行，不就是走走古道吗？有时候，人生是没有目的的。于是，我们一行穿过湖上的九曲桥，踏上古道，迤逦而去。天上没有星月，路边没有灯光，天与地模糊成一体，大家只得深一脚浅一脚地摸黑前行。习惯了灯火通明的都市夜，骤然间置身于这黑咕隆咚山林之夜，还真不知所措且心生恐惧。为了壮胆，有几个打开手电筒拼命地摇晃，一边还发出阵阵尖叫声。但很快地，大家就安静下来了，以尽情体验这山林之夜的幽阒魅力。心静眼前明。此刻，我们的面前不再是先前感觉中的黑洞模样，而是朦朦胧胧地透着一层光亮，周围影影绰绰的同伴的身影似乎清晰可见，就连两边林子里那一棵棵树木也仿佛历历可数起来了。只是脚下的古道依然漆黑一团，大家只能跟着感觉继续前行。耳际是一片哗哗的喧闹，不知是山涧的流淌声，还是风摇林木的声响。林子里的萤火虫流星似的穿梭来往，一伸手就能抓到几个，让人欣喜不已。“难怪天空一颗星星都不见，原来都掉地上来了。”不知是谁那么诗意地嘀咕了一句，引得大家纷纷去追逐这些夜的精灵。

不觉已到古道尽头，眼前突然开阔敞亮起来。抬头仰望，一溜溜长长的台阶堆叠而上，一直铺排到半山腰，上面气宇轩昂着的便是琅琊古寺。我们意欲夜访古寺，便拾级而上；无奈几个打头阵的年轻人回来报告说山门早已紧闭，只得悻悻而返。回望高远处僧舍窗户间所漏出的几豆灯火，不禁心生遗憾。好在一侧的寺场上端庄地伫立着一尊观音菩萨，仿佛救世主突然降临，大家纷纷顶礼膜拜起来，还不约而同地默默许愿祈福。其态度之虔诚，足以使我佛感动。

当夜，返回客房已近零点。

夏夜龙井村

从西湖回来已近深夜。回房洗漱完毕，却了无睡意。于是，我们几个便手摇芭蕉扇，围坐在农家旅馆的露天阳台上神聊起来。

四周群峰高耸，峭壁陡立，在沉沉的夜色里显得格外地庄严肃穆。仰望头顶，苍穹成墨绿色，零星缀着的星子闪烁不定，朗月高悬，银辉倾泻，汩汩地似有幽远般流水的声音。久居都市，迷失于霓虹灯虚幻的光影里，今晚骤然置身于如此幽美的山村夏夜，不禁欣喜万分。我们索性放开四肢，躺倒在主人家的长条桌上，换个角度看苍天，品大山，聆听夜阑。

忽然想起了白天旅店主人对这龙井村的诠释：环山为龙，依村为井。实在是恰如其分。其实这里的山并不高，它们只是温顺地蜿蜒于天底下，绝无直插云霄之气概。而这正是其美之所在：谦恭、和顺，懂得敬畏；不像那些身处闹市的摩天大楼，只知一味地向上向上再向上，大有刺破苍穹之势，其结果便是将苍天肢解得支离破碎，白天不见蓝天白云，夜晚难觅灿烂星汉。更为可悲可叹的是，人们还津津乐道于这种自身的杰作。什么时候，人们才能懂得敬畏天地，顺应自然呢？就像这龙井村的山。

有人提议去古道走走，大家欣然同意。

古道从村口出发，顺着山势，在狭长的山谷里曲曲绕绕地向东南方延伸，一直到达山外的钱塘江边。店主人白天告诉我们，其实自南宋始，这龙井村的古道是从西北面的西湖边就开始的，进山出山，穿越龙井村而过，绵延三十多里。如今从西湖到龙井村已通了公路，这古道也就剩下南面的一截了。古道属民道，就地取材，碎石铺路，朴实平凡得就如这山，这村，这人，与前阵子看到的琅琊古道截然不同。琅琊古道可是方方整整的条石铺就，极具气魄，走在上面仿佛还能听到古代文臣们前呼后拥的吆喝声与武将们嘚嘚的马蹄声。而现如今我们脚下的这条，则是从古之今的村民们和南来北往的商贾行人们所行走的寻常山径，只是因其坚守着的那份质朴与古拙，赋予了它一种特有的自然之美，让人们流连忘返。

夜真静，静得如同一首盛唐的田园诗、一幅北宋的山水画。有流水一路伴随着我们。时而铮淙，如活泼欢跃的孩子；时而汩汩，似梦影里情人的蜜语；时而又絮絮叨叨，仿佛与人拉家常的老人。它一会儿隐没于我们身边的山林里，一会儿又冷不丁地跳跃到我们面前，漫漶成清亮亮的一摊，拦住了我们的去路。我们只得小心翼翼地跨过路边的一块块迈石，摆脱它的纠缠。两边全是粗壮高大的树木，黑黝黝峭楞楞地矗立着；微风过处，它们发出哗哗的声响，似大山的呼吸，平和而安详，从容又淡定。月光给浓密的树林筛过，在古道上漏下斑驳的光点，细细碎碎的，银银玉玉的，简直就像从岁月深处跌落的青瓷碎片。拐过一个山头，眼前陡然豁亮起来。两旁平缓的山坡上，乳白色的月夜里，弥望的是一垄垄的茶树，它们静静地躺在大山的怀里，一派优雅安适之态。这就是名闻遐迩的龙井茶了。

就这样地看着、走着，感觉此时此地的景致竟是那样地清纯、醇厚，集天地之灵气，吸日月之精华，就像一杯色香味俱佳的龙井茶；不像西湖之景，背负了太多的人文负荷，就如同在龙井茶里，添加了太多的附加成分，茶还是那茶，味道却全然变了。

凌晨的时候，我们才回房休息。

草木天平山

已是中秋过后了，山林里一派宁静祥和。

郊外的天平山是闻名遐迩的胜景，一到深秋，尤其是霜打过后，满山都是看红枫的人，热闹万分却又无聊之极。于是，喜欢清静的我便拣了个风和日丽的日子，独自悠悠然踏访这片初秋的山林。

沿着幽曲山径迤逦走去。午后的阳光依然热烈，于枝柯交错间筛落下来，留下满地的璀璨。知了还在叫唤，若断若续地，声音破碎而嘶哑，仿佛在回味着夏的辉煌。古樟古枫古榆树，一柄柄巍然挺拔，苍翠森郁，似无数先贤圣哲，为这片山林中的芸芸众生支撑起一方安身立命的天空。松柏森森，将一种不屈不挠的信念树立于天地间，让万众敬仰！金桂银桂白玉兰，它们总以其高贵典雅的风姿绰约于世，让人想起那些家学渊源的大家闺秀，贤淑端庄。变色木芙蓉是树林中的小家碧玉，于清秋的寂寞里灿然艳然，尽情地展示着自己的风采。

更多的则是普通而卑微的杂树野草！走过了生命的春与夏，它们也曾郁郁葱葱，也曾色彩缤纷，凄风苦雨坦然面对，和煦丽日尽情享受，沧桑写满叶脉，苦乐浸透血液。而今，它们终于安然走进了生命的秋季。乔木灌木，高低参差，随意散漫地站立于山野中，于天风沐浴中瑟瑟絮语，点头致意，仿佛在庆幸生命的安然无恙，酬谢彼此的关切照应。它们有的硕果累累，有的却枝挂空空，也有的只是聊以自慰似的将几颗干涩的果子零零落落地招摇于枝头。但它们彼此并不觊觎与忌妒，也无半点盛气或自卑；因为它们深知，这一路走来，谁都不容易！野草们则更加从容自得，从山脚到山腰，于坡地到崖壁，它们恣意洒脱地铺展着，将生命的绚烂尽情地绽放。生命力旺盛者依然苍翠碧绿，孱弱者则是憔悴枯槁；没有春的蜂鸣蝶舞，也没有夏的鸟语欢歌，唯有秋虫长一声短一声的吟唱，将野草们的心绪演绎得千回百转。

溪涧汩汩，宛转流淌，时光将它们少年得志的欢歌狂奔早已过滤成老成持重的内敛从容。于是它们明白，生命其实就是一种过程。波澜壮阔也罢，平淡无奇也罢；悲欢离合总无凭，爱恨情仇转头空；只要经历过，便是财富，无需遗憾。

就这样地走着想着，不觉已是暮色苍茫。累了，便就地坐下，感觉自己就是山中的一棵树抑或一株草；而思绪，则成了身旁隐约流淌的一脉溪涧。

有一朵莲花绽放如初

此次前往闽南，是专为寻他而去的。

福州、漳州、泉州，循着他当年的足迹，迤逦而行，思绪万千……

我们在西禅古寺的放生池边徘徊，在南山寺旁的梅园中逡巡，于清源山弥陀岩前沉思。

他当年讲经弘法，苦行修身，足迹遍布深山古道，身影出没寻常巷陌，心绪萦系家国苦难。一袭百衲袈裟洗洗补补穿经年，两餐粗粝饭食咸咸淡淡果饥腹。

也曾锦衣玉食荣华富贵，但绝非饱食终日无所事事；他把青春年华倾注于自己所醉心的文学艺术，诗赋、音乐、美术、金石，他广泛涉猎且几乎无所不精。也曾伉俪情深缠绵悱恻，但始终不忘国家忧患民族危难；他离乡背井求学广交精英结社，办刊物授学子，启新知承传统，他四处奔走忙碌只为执着信念。

“长亭外，古道边，芳草碧绿连天。晚风拂柳笛声残，夕阳山外山……”如此凝重苍茫，凄美绝伦，是他的心境吗？想当年他满腔热血，誓志建功立业大展宏图报效国家；无奈生逢乱世现实竟是如此的丑恶卑劣，怎不让他心绪茫茫？但他就是他，优雅从容，哀而不伤，绘一幅旷世风景任后人去品赏。

“天之涯，地之角，知交半零落，一壶浊酒尽余欢，今宵别梦寒……”如此情深意长，都说叙写的是朋友间的离愁别绪。其实，他在告别自己，告别那个离自己渐行渐远的尘世！喜怒哀乐怨，他累了，倦了，想要放下了。既然不能兼济天下，那就选择独善其身，遁迹空门，去找回那个真实的自我，去换种姿态面对芸芸苍生。

但是国难当头，烽烟四起，到处都是救亡，遍地皆在抗战。现实告诉他，世间并无真正的清净之地，他也难以了却尘缘。于是，他以敝履褴褛之体奔走呼告，穷古交亲朋之谊化缘募捐，安置难民支援前线。“念佛必须救国，救国不忘念佛”，他深知：佛国在人间，没有尘世的安宁，便没有佛界的清静。“此地古称佛国，满街都是圣人”，悬挂于开元古寺的他的这幅亲笔楹联让人咀嚼回味。也许，这就是他当年剃度受戒的动因所在：普度众生，让人间变成佛国！

终于，我们盘桓于他的圆寂之所晚晴堂内。面对着悬挂于壁上的他的绝命之作“悲欣交集”，陷入了久久的沉思：弥留之际，他究竟为谁而“悲”？又因何而“欣”？我们不能也不敢妄加揣测。我们所能做的只有敬仰，唯有思索！

有一种人生华丽而不刺眼，铅华洗尽，返璞归真；历经世间奢侈富贵百态，仍然清澈如水、洁净如冰。这就是旷世奇才李叔同！

有一朵莲花灿然而不媚俗，卓尔不凡，洁然高雅；沐浴佛国几近百年风雨，依旧明丽耀眼，绽放如初。这便是得道高僧弘一法师！

长安月

一轮明月从秦川大地冉冉升起，圆润、明亮而厚重。

它悬挂于城市的夜空，而城市早已熟睡。于是，它便成了这座千年古都的记忆，在恍惚迷离中去追寻古都往昔的繁华与峥嵘。

月光漫过冷清的大街，空旷的广场，来到了寂寞的古城墙脚下。城墙蜿蜒，起起伏伏地向远处迤逦而去，一直漫进了那遥不可知的夜的深处。一座座堞楼俨然站立，似三步一哨五步一岗的兵士，那乌黑的洞孔，恰似一双双警惕的眼睛，在诡异的夜色中忽闪。钟楼高耸，飞檐直刺苍穹，一派壮志干云霄的气概。站立古城墙头，昔日的宫阙鳞次栉比，在迷茫的夜色中，在清冷的月光下铺排着、舒展着。这是大唐的宫阙，大唐的宫阙应该是色彩斑斓的；而今，浓重的夜色却似无情的时光，把这派意气风发的大唐色彩给剥离了、抹去了，只遗留眼前这片迷蒙的暗黑色影子。

朦胧的月色中，隐约传来了市肆的喧闹。纵横交错的街巷，林林总总的商铺，随风飘扬的店招，熙来攘往的人流，影视画面般地在眼前呈现、涌动。儒士的优雅，僧人的端庄，道者的放狂，走卒贩夫的穿梭忙碌；坐轿的、骑马的、牵骆驼的，操各种口音，穿各式服装；黄皮肤黑眼睛的，白皮肤蓝眼睛的，还有火红色头发高鼻梁的。酒肆里划拳豪饮，店铺里讨价还价，赌场上一掷千金——大唐人生活得自由自在、无拘无束。

城外是辐射神州的通衢大道。南下吴越，可以尽享江南的清嘉风物与旖旎柔情；没有贫富，不分贵贱，也许是浪迹天涯，也许是感时伤怀，你尽可浅唱低吟抑或放歌长啸。西出阳关，能够体味大漠的长烟落日与报国豪情。武将杀敌，文臣慰边，任你是运筹帷幄，或者是马革裹尸，你尽可挥洒才智，建功立业。恍惚间，五里一短亭，十里一长亭，一路上尽是嘤嘤离人，依依垂柳……

月光如水，静静地流泻，氤氲着烟波浩渺的水面，广袤无垠的田畴，与葱茏起伏的群山。张若虚青春做伴，驾一叶扁舟，星夜兼程，在花香萦绕与水气迷蒙的江面上游弋，为的是不辜负那望江楼上脉脉含情的牵挂。孟浩然“开轩面场圃，把酒话桑麻”，为的是尽情享受世俗生活的清悠与醇美。陈子昂遗世独立，思接千载，神游万里，一声“前不见古人，后不见来者”的喟叹，莫非就是所有大唐才子们傲然风骨的真实写照？还有那说不尽的李白式的壮志难酬、杜甫式的悲天悯人、李商隐式的欲说还休……正是那海纳百川的包容，才造就了大唐帝国千帆竞发的盛世气象！这时候，王维从秦岭深处的终南山中走出，步态悠然，神情从容。他把几多得失进退的人生玄机都藏匿于赏心悦目的诗画作品之中，藏匿于这深山巨谷般的茫茫心底，特立独行，终于为后人走出了一条终南捷径。

一声洪钟从远处的城楼传来，旋即幻化成一对对扑棱棱的鸟翼，向着漠漠苍穹，向着那轮高悬于我们每个人头顶的明晃晃的月亮疾驰而去……

那是一轮怎样的长安之月，大唐之月啊！

深山有情是母亲

我们常常喜欢造访深山，且乐此不疲，可往往不去深究其缘由。

今夏的三伏天，我所居住的城市热得像个大火炉。于是，就和两三好友商定，举家驱车前往浙江天目山避暑。

不到三小时，我们一行便像穿山甲似的钻进了天目山的大山深处。沿着盘山公路一圈一圈地往上绕。一边是笔直陡峭的山体，树木苍翠，浓荫遮蔽，透着层层凉意；另一边则是深壑巨沟，轰隆隆地喧响着山涧的奔流声，其间还夹杂着山鸟的啁啾声，与悠长的夏蝉嘶鸣声。遇见路面宽敞处，我们便急不可耐地走下车，看看风景，动动筋骨。深深地吸口气，整个鼻腔口腔都是甜丝丝凉爽爽的，这份清新，直透心肺，让人完全忘却了城市的烟尘味。山峰壁立，直指苍穹；苍翠而厚实的山林，过滤了这盛夏午后日头的毒辣，只剩下一片硕大的光影，在远近的山坡上忽明忽暗地交替变幻着。身处如此惬意的环境，整个身心便都静下来了，沉下来了，惬意起来了，心中仿佛有了什么依靠与着落。朋友的妻子忽然说：感觉像是回到了娘家，就坐在母亲的身边呢！我们都面面相觑，然后纷纷点头会意，末了便默不作声地各自坐着，仿佛都在回味着她的那句肺腑之言似的。

傍晚时分，我们投宿于半山腰的云泊天目宾馆。这是个坐西朝东的硕大山坞，海拔八百多米，除了一栋三层高的主体建筑，绝大部分客房全都成别墅格局，错落有致地分散于山坡上。当晚，一场山雨过后，天空格外澄明。满天繁星似无数双清纯的眼睛，注视着苍穹下的山野与群山中微如草芥的我们。而月亮也特别地大而亮，洒下满天柔情似水的清辉，抚慰着万物生灵，抚慰着我们这些备受苦夏煎熬而暂时遁入深山的城居者。深夜，看着窗前银白色的月光，听着山下巨壑中奔流不息的流水声，和与我一样尚未入眠的山鸟山虫们有一声没一声地呢喃，便更感觉自己就像一位孩子，在外面奔波劳累了，心力交瘁了，如今终于回到了母亲的身边，静静地躺在母亲的怀里，尽情地享受着她爱抚。

于是又想到了去年冬天去云南大理避寒的情形。苍山高耸，横亘于西北面，遮挡住了来自北方的寒冷空气，母亲似的庇护着这座城市的生灵。同时，它又与东南方的群山一起，孕育了其脚下清澈澄明的洱海。行走于大理的城市乡村，便感觉这里人们的生活是从容的。他们不急不慢地往返于工厂、商铺、机关或是田间地头，脸上始终挂着平和的微笑，一副怡然自得的意态。苍山就像一位伟大而坚强的母亲，于凛冽的寒冬里呵护着他们，让他们免受严寒的侵袭，他们的生活，自然便如山下的草木般葳蕤，洱海中的游鱼样自在了。

最让人难忘的是那次去终南山的经历。由西安城出发，坐上近两个小时的大巴，便进入了绵延数百里的秦岭山脉。其实我们此次进山，名义上是游览终南山，实则是去拜访一位隐居于山中的朋友的。朋友是西安一所高校退休不久的教授，从前年开始，他每年夏秋两季居住于山中，冬春时节则生活在城里。见面寒暄过后，用过山中午餐，踏访遍他居住的小木屋周边的环境，我们几个一边品茗，一边便羡慕起他的生活来。朋友却说，他只是为了躲避山外污浊的空气，出于健康原因，才无奈选择这种半隐的山居生活方式的。真正应该羡慕的应该是那些常年隐居于这秦岭山脉深处的真隐士们。他们有的本是年富力强的商界精英，有的原是是才高八斗的当代士子，更多的则是钟情于大自然的赤子，但无一例外地都曾在山外的滚滚红尘中跌打滚爬过，累了、倦了、身心疲惫了，于是殊途同归似地纷纷投奔进了这大山的怀抱，做起了自给自足、日出而作日落而息的当代隐士。他们所厌弃的是现实中那陀螺似的快节奏的生活，是那种喧嚣浮躁，为了追名逐利乃至遗失了自我的虚妄生活。大山给了他们心灵的宁静与澄明，让他们重新找回了自我。他们就像--群离家后一度迷途的孩子，如今终于又找到了归途，回到了母亲的身边。

是呀，作为这个星球上最高等的动物，我们本就是从大山深处走出的；只是由于我们的智慧与贪婪，在不断创造着城市文明的同时，却离我们的深山这个老家渐行渐远了。那么如今我们的每一次的造访深山之旅，其实都是在寻找归途，回归我们的老家，回到我们母亲的怀抱。不管你是有意的，还是无意的。

家门口的变化

我家居住在环古城河风景带的正东面，相门与娄门的中间。

2000 年 10 月，刚进城到一所中学任教的我，考虑到上下班的方便，几乎是毫不犹豫地在护城河边的永林新村二区买了套房子，作为安居之所。当时，从连通繁华的干将路的相门大桥下来，左拐，沿着护城河一路向北，是一条坑坑洼洼的无名老旧柏油路，不通汽车，除了早上与傍晚时段自行车车流短时间的拥挤，其他的时候都是冷冷清清的。而且此路长不过千米，到达与日规路交汇处，它就断了头。站在路的尽头向北望去，河边参差地错杂着一片低矮破旧的瓦房，垃圾成堆，蚊蝇乱飞。再看看旁边的护城河，河水呈深绿色，油腻腻的，水面上还不时地漂浮着各种各样的生活垃圾。更为让人不堪忍受的是，每到夜晚，护城河里舟船穿梭，隆隆的船机声、刺耳的鸣笛声，搅扰得人烦躁不安，难以入眠。

2003 年的春天，我身边的这条野马路突然被全封闭施工了。一打听，方知市政府要进行环古城河风景带建设，以恢复我们这座历史文化名城的旖旎风貌。作为整个工程的重要组成部分，这里将被打造成为古城东部观光带。经历了足足大半年的施工，当年深秋，这条无名的野马路被整修一新，被命名为莫邪路。它向南穿过相门桥，直通葑门；往北连接娄门桥，直抵齐门。沿河是花木扶疏的绿化带，还在河边修筑起一条蜿蜒的步道。一到夜晚，各色各样的景观灯一齐绽放，远远望去，仿佛一条游弋的长龙。与此同时，相门桥堍下原先那片搭满简易瓦棚被作为建材市场的杂乱之地，也被改造成为一方小游园，里面草坪绿油、花圃绚烂，树木成荫；园林式的回廊、水榭点缀其间，让人倍感舒心惬意。

每天上下班走在这条路上，我总会不由地放慢了脚步，不无留恋地看看路边的花草，心头便有了一种莫名的欣喜与满足。晚饭后，也时常会与家人沿着步道散散步，或者特意去相门桥堍边的那个小游园中坐上一会儿。而此时的护城河也变得格外地宁静，除了偶尔会有几艘古色古香的观光船悠悠飘过，便只剩下清晰可闻的汩汩的流水声。但让人遗憾的是，河水依然浑浊油腻；一到夏天，绿藻肆虐，时不时地还会散发出一阵阵难闻的气味。

又过了两年光景，就在莫邪路与日规路的交界处，原先那块垃圾成堆蚊蝇遍地的偌大的空地上，居然平地建筑起了一座小园林，亭台轩榭、曲桥回廊、假山池沼一应俱全，被取名为兰亭。还在临河建起了个小型码头，以供观光游船停靠。园内芳草如茵，绿树掩映。墙角芭蕉摇翠绿，窗前樱桃挂果红。白天，园内相对清静，除了一两个保洁工逡巡打扫卫生，就是几个老人带着孩子在里面嬉戏歇息。一到晚上，这儿可成了热闹的所在。附近的居民都会不约而同地聚集在这里，跳跳舞，唱唱歌，打打拳，或是下下棋，喝喝茶，聊聊天。想干什么就干什么，一切都是那样的随心所欲，惬意自在。

几乎就在同时，河对岸东园的两头也发生了惊人的变化。南边的三监搬迁了，取而代之的是一长溜修旧如旧的古城墙。完好处，城楼高耸，古幡招展；破残处，断垣颓壁，蒿草摇曳。水城门将护城河与城内水道勾连，皓月当空的夜晚，半圆形的城门倒影于碧水之中，含月吞辉，煞是美妙。沿河的步道迤逦向北，在一片桃红柳绿的掩映中穿过东园，直达娄门的“娄隅增辉”牌楼广场，与娄门桥北堍的城楼连成一体。而护城河的水也变清变绿了，每天的清晨与傍晚，常有成群的水鸟贴着水面，嘎嘎地鸣叫着，盘旋着；并不时地一个俯冲，叼起水中的游鱼，旋即疾飞而去。唯一让人不如意的是天空，冬春夏三季尚可将就，每到深秋季节，总是灰蒙蒙的，空气中弥漫着呛人的烟尘味。

就在前年的春天，我这家门口的风貌居然又来了一次大提升。环河的绿化带进行了翻修更新，从此，四时有花开，季季见绿意。旁边的居民小区实施了大规模的改造整修，尔后，粉墙黛瓦映碧水，足不出区见游园。更为让人欣喜的是，河对岸东园内的动物园搬迁了，在原址打造出了一个集休闲、健身、娱乐于一体的崭新的园中园。作为环古城河风貌的有机组成部分，东园也成了敞开式公园。与周边的许多居民一样，每天傍晚，我总要和家人一起，沿着环古城河风貌带，从相门到娄门，来回走上一大圈，健身、散心。每到春秋两季，我也常常会选择步行上下班，一路上走走停停，频频举起手机，将那美如仙境的蓝天白云映碧水、桃红柳绿掩古城的风景随机拍下，晒到朋友圈，总会引发朋友们的一片赞美声与阵阵羡慕意。

其实，这些年来发生在我家门口的这些变化，只是我们这座日新月异发展着的历史文化名城的一个缩影。安居乐业于如此如诗如画的人间天堂里，夫复何求？

荷意

那样恣睢，那样无拘无束！于是，叶海漫漫，花海漫漫，心海也漫漫了。

荷，本是属于江南，属于水乡的；而今，却能在塞北边地、燕山脚下的避暑山庄里看到如此满满一池的荷，怎不令人惊喜！正值盛夏清晨，一场朝雨过后。一柄柄荷叶似浅浅大大的碧玉碗，盛满了晶莹剔透的珍珠，摇来晃去。而亭亭玉立于其上的粉一朵白一朵的荷花，则在晨风中翩翩起舞着了；白的圣洁，红的娇艳，一派端庄贤淑之态，让人不禁想起了昔日宫中的舞女。其实，她们本就是宫中舞女。史载这偌大的避暑山庄，曾历经康、雍、乾三代长达六十余年的经营，劈山挖池盖宫苑。北地本无荷，帝王们便从南方将其征集移栽于此，如同征集六宫粉黛一般，供自己玩赏。只是委屈了这些本该超尘脱俗的佳丽们，年年岁岁幽居于宫闱之中，该有几多哀怨几多愁！自古以来，那些胸怀天下的帝王们往往是狭隘而自私的，对于世间的佳美之物，譬如这荷，他们从来都是“独乐乐”而不愿“众乐乐”的，所谓的“与民同乐”也就是作秀而已。好在数百年过后的今天，这皇宫禁地终于成了百姓乐园；那么眼前的一池清荷也就还其本真，以一派天真无邪之态与我们晤对了。

于是想起远在江南的拙政园的荷来了。这里的荷也是自古有之，不过那时是属于少数达官显贵与文人雅士们的。他们或于喧哗过后退守清闲，或在失意之时寻求慰藉，筑一圈围墙，造数个亭台，叠石引水，莳花种草，便如此这般大隐隐于市地营造出了江南名园。园内，每到盛夏，若断若续的几处水面上就这样蓬勃着一片片绿油油的荷了。他们时常邀三五知己，品茗赏荷，吟诗作画，制造出了无数与荷有关的雅事美谈，仿佛这样还不尽兴，于是，他们便将荷搬进廊内，谓之缸荷；把荷摆在案头，名曰碗莲。

较之皇家的富贵之荷，文人墨客们笔下的荷似乎更具一种精气神儿，“出淤泥而不染，濯清涟而不妖”喻其孤傲，“小荷才露尖尖角，早有蜻蜓立上头”谓其清纯；沈周笔下的《荷蛙》充满野趣，八大山人的墨荷透着怪癖。至于荷被佛家青睐，那恐怕更是她连做梦也没想到过的事儿了。佛家专曰荷为莲，跨进佛门必睹莲花池塘，跪倒佛前必见莲花宝座。莲花摇曳于水面，在信众眼里已幻化成天界圣物；宝座巍然于面前，在僧徒心里早定格为佛国威严。此刻此地，荷已成为荡涤世间污浊与烦恼，沐浴着清幽的梵唱，静静地绽放于忘忧河上的一种人生境界了。

最让人惦念的还是西湖的荷。荷将大片大片的绿意铺展于一望无际的水面上，绿得开阔大气，绿得随心所欲，绿得野逸洁净，总觉得那是一种原生态的本真之荷，是为寻常百姓所爱所赏所食用之荷，是东坡先生所称道的“露为风味月为香”的集天地灵气之荷。“江南可采莲，莲叶何田田”，荷繁衍了民间的节庆欢乐；“荷叶罗裙一色裁，芙蓉向脸两边开”，荷滋生了青春男女的爱情。人们爱荷爱到极致，干脆以荷给自家女儿命名，什么荷花、玉莲、紫荷之类的，随处可见。有的甚至还以此给地方命名的，著名的就有山东的菏泽等。

荷之人见人爱，自古而然。究其原因，是人们大都迷恋于荷盛夏与初秋那光彩照人的一面。可对于其身处淤泥深处的那段黑暗岁月的奋争，对于其经风沐雨的严峻考验与对月怀思的纷繁心绪，对于其繁华过后破败狼藉的凄惨之相，又谁人能知谁人能晓呢？“留得残荷听雨声”，如此说来，这不仅是李商隐生活遭际的写照，更是荷自己的身世感慨啊！

园荷

盛夏的荷，尽情地绽放着生命的绚烂。

园很大，足有五十来亩地。荷们却谦逊地只待在园的东南隅。一方曲曲折折的池塘，沿着一睹弯弯绕绕古城墙遗址悠悠流淌。荷们就这样顺势挤挤挨挨地站立于水面。

天很热，将近四十来度的气温。火苗似的阳光在池塘上面闪烁着，炙烤着，荷们却不惊不躁，把厚实翠绿的圆叶高高擎起，高高低低，参差不齐；将绚丽的花朵高举头顶，红红白白，热热闹闹。

正值午后，没有一丝风。岸边的树林里、竹林里，知了们热得短了气，有一声没一声地嘶鸣着。林下散落着的几个小游园，本是人们早晚的观荷之所；此刻却人去园空，亭子闲着，石凳空着。只有几只不知名的鸟儿，仿佛为了填补空白似的，这儿停停，那儿歇歇，心不在焉地向荷塘观望一番，又飞走了。水面的曲桥上，水边的柳阴下，偶尔会有几只青蛙蹦上来透透气，又刷存在感似的昂起头，呱呱地叫几声，旋即逃也似的扑通一声跳进水里，潜入荷下，没了踪影。

没了人们的观瞻，荷们感觉自在惬意多了。自从被移居这个园里，它们就感觉烦恼不断。仲春以来，每天的清晨与傍晚，总会陆续有人来到它们身边，一边漫不经心地走着，一边对着它们指指点点的。还有的人停下脚步，对着它们举起手机、相机咔嚓咔嚓一阵猛拍。还有过分的，甚至会伸手捧起它们才露出水面的圆圆的脸庞，玩弄一番。荷们讨厌人们这样的自私与不恭：是的，它们给人们带来了无尽的快乐；可是人们想过荷们的感受吗？尽管荷们知道，这样的日子还将继续，直到深秋为止。但荷们别无选择，只能忍受，谁让自己是人们面前的弱者呢？

其实，荷们十分怀恋它们在乡野的日子。那是怎样地舒心美妙呀！那时，天是湛蓝而辽远的，云朵是洁白又飘逸的。有时，那些飘过的云朵俯首瞥见荷们，也许是惊艳的缘故吧，便会聚集在一起商量一番，尔后便化作或疏或密的雨点，跟荷们逗趣玩耍一阵。直到不怀好意的毒辣阳光前来捣乱了，云朵们才依依不舍地继续行游而去，扔下满身雨水的荷们在那里独自发呆或回味。那时，地是翠绿而澄明的，庄稼是成片成片地生长的。荷们的邻居是水稻芋艿芝麻，或者是西瓜南瓜冬瓜之类。水稻芋艿芝麻它们正在拔节，有时它们弯个腰，隔着田岸给荷们打个招呼，然后扭过头继续努力地将自己节节拔高。西瓜南瓜冬瓜可要不安分多了，它们总是将自己的触角伸进荷塘，侵占他人的领地；直到荷们将它们一头按进深水里，吃足了苦头，它们才悻悻离开。那时，人们从不打扰荷们。乡野的人们可没有城里的人们那样清闲无聊，他们要耘田除草灌田，照顾田里的庄稼；他们要养猪喂羊畜兔，服侍家养的牲畜。即使无事可做了，他们也会抓紧时间休息，养精蓄锐，而决不会来到荷们身边惹是生非；即便偶尔过来，也只是默不作声地观察一番荷们的长势，然后便离开了。

好在现在是午后。虽然如今荷们头顶的天空的四周，已被城市的高楼大厦切割得支离破碎，但依然是蓝天，依然有悠悠的流云飘过。虽然当下荷们容身的水面局促得可怜，但水还是那样清澈，青蛙游鱼还是那样地与它们相伴相依，因此也并不感到寂寞。更何况还有树木竹子、花草虫子什么的陪伴它们呢！虽然每天荷们都会被游人所聒噪，但毕竟每逢正午与半夜过后，它们还有属于自己的清静时光。既来之则安之吧，荷们这样安慰自己道。于是，荷们便自得其乐起来了：有的踮起脚尖竖起身子好奇地向四周东张西望，有的相互依偎着说起了悄悄话；也有的干脆垂下脑袋看着池塘想起了自己的心事。

荷们知道，这是它们生命中最美丽辉煌的时刻。田田的叶、娇艳的花、娉婷的身姿，让人们络绎不绝、目不暇接、流连忘返。荷们也知道，待到秋日来临，它们难免会形容憔悴；但它们所奉献的莲蓬、莲藕却会现身大街小巷，让人们大饱口福。荷们更知道，深秋过后，它们必将枯槁于粼粼的水面，在寒雨冷风中尽显破败之相，与这世界作最后的告别。但这一切在荷们看来都是理所当然的事。荷们相信生命的轮回，等到来年春天，它们一定会以天使般清新可爱的姿态重新出现于这方水面，去再次诠释生命的完美与真谛。

一阵风儿吹来，满池的荷们不禁翩翩起舞……

城居映山红

城市的小游园里，挤挤挨挨地，盛开着映山红。

现在是暮春。桃、杏、梨和海棠等树花们早已凋谢了，先前缤纷一地的落英也已零落成泥，难觅半点踪影，只剩下一树树浓密翠绿的枝条，在暖风中参差披拂着。一丛丛的迎春藤、黄荆条与木槿们，要么花期已过，要么还在酝酿花事，一副从容淡定的意态。唯有这些粉红、玫红、大红与紫红的映山红们，一簇簇、一片片，肆意绽放着，将整个小游园喧闹得蜂飞蝶舞，游人如织。

这里是南方平原地区。映山红们是不折不扣的城市新移民，它们的家乡远在西南山区。记忆中，在这样的季节里，它们的家乡云飘雾绕，阳光充足，温暖湿润。它们依山而居，从山脚到海拔四千多米的山上，都是它们结庐而居的所在。跟山野里所有草木一样，他们生活得无拘无束，随心随性。唯一能限制它们那自由自在性情的是山溪巨壑，唯一能左右它们生老病死的是风霜雨雪。它们祖祖辈辈居住在大山深处，与山民们一样，它们是大山的土著。虽说自唐宋以来，因为某些远离自然身居都市的人们，为了疏解自己的寂寞情怀，而强制将它们这些映山红族群中部分先祖移民进了城，城市早就有了它们的身影，但那毕竟是屈指可数的稀有现象。

其实，它们在上古时的土名叫山踯躅，意思是在山野里艰难顽强地生存，并没有引起人类多大注意。它们就像一群隐士，过着与世隔绝的生活，虽然日子艰难，却也清静自在。后来，据说人类中有个叫杜宇的古蜀国君王，不知因了什么缘故冤屈而死，死后化而为杜鹃鸟，每到春天，都会在他生前的故国天空中徘徊翻飞，不停地叫唤“快回去，快回去”，叫声凄厉，直至滴血。而此刻，正是漫山遍野的山踯躅花盛开的时候。于是，多情而好事的人们便牵强附会地说，这些鲜红的山踯躅花是被这只冤屈的杜鹃鸟滴血所染红，便霸道地将它们更名为杜鹃花。再后来，借着强大的生命力与超常的环境适应能力，它们的族群日益壮大，足迹几乎遍及整个大西南地区。它们伏地而生，将生命的蓬勃与激情泼洒于平缓的山坡、纵深的河谷，乃至绝壁悬崖。如此蔚为壮观的场面，便引来了人们情不自禁的赞叹：杜鹃花开映山红！于是，它们便又被唤作映山红了。

如今，它们被安置在了小游园。小游园位于护城河畔，隔着护城河宽阔的水面，对面便是逶迤起伏的古城墙。而游园的另一面则是马路，筑有一道粉墙，隔着外面市声的喧嚣。抬头看看天空，灰蒙蒙的一片。太阳像一面硕大的磨砂圆玻璃，泛着模糊暗红的光，洒到它们身上，毫无温暖滑爽的舒适感，而是黏湿湿热烘烘的，让它们浑身难受。更让它们焦躁的是，和这座城市的其他生灵一样，它们正遭受着干旱的煎熬。自从它们去年深冬进城以来，老天就一直板着铁青的脸，摆出一副灰暗的表情，仿佛要惩罚谁曾对它的不恭似的，居高临下冷酷无情地注视着苍生，愣是不肯施舍一滴雨水。此刻，它们体内的每一颗细胞都是焦渴的，皮肤粗糙而干裂；一个个耷拉着脑袋，一副灰头土脸的样子；本来红润灿烂的笑脸也变得干涩而僵硬。而更让它们不堪的是那些游园的人们，他们随意地揉捏它们的脸蛋，践踏它们的身体；还肆意地将各种各样的垃圾砸向它们，全然不顾它们的感受！它们当中的一部分成员，如今业已干渴而死，或是被践踏而亡了。这使它们悲愤而无奈。

此时此刻，映山红们便更加怀念故乡山野的日子了。在那千里之外的故乡山野，天是蓝的，草木是绿的，溪水是清亮的，空气是清新的。微风细雨裹挟着温润的气息抚慰着它们，晨雾夕岚抹弄出山林的姿影陪伴着它们。白天，有透亮无尘的阳光沐浴着它们。即便偶尔下一阵山雨，也是说来就来说走就走，干脆利索；绝不会像这城里的天气，整天不阴不晴，一副半死不活的样子。夜晚，有洁白如水的月光滋润着它们。还有那满天繁星，就像山里孩子的眼睛，晶亮晶亮地忽闪着，彼此交谈着或是嬉闹着，有的大概禁不住这美好山野的诱惑，竟窜下天空，身影划过一道道晶亮的弧线。整个夜空纯洁热闹得就像个童话世界。而这城市的夜空呢，街道上的霓虹灯、风景带的景观灯、居民区的照明灯、商务楼的装饰灯——五颜六色却迷离虚幻，整个是人工打造出的赝品。其实，人类是最为胆小怯懦的族群，他们害怕孤独，所以要聚居成城；他们害怕黑暗，所以要点亮灯光为自己壮胆。他们更害怕寂寞，所以要将像它们映山红那样的花花草草们，不远万里从大山深处移栽而来，给他们作伴。

骤然间，一阵雨水朝映山红们劈头盖脸地浇来。它们感觉那不是山里的雨。山里的雨是有征兆的：先是头顶云遮雾障；继而便是萧萧的风，一阵接一阵有节奏地吹来，慢慢地越吹越紧，直至狂风乱作，把它们刮得东倒西歪不能自持；然后才是下雨。那雨呢，下得也是有章法的：一开始是或大或小的雨点零星地砸下来，把它们脚下的山泥湿出一枚枚铜钱大小的印记，接下来便是密集的细雨萧萧地往下洒，到最后雨就连成白亮亮的一条条丝线了，潺潺地浇了下来。而现在，映山红们却发现它们的头顶有一道弯弯的浑浊水柱横卧着。它们知道，那是来自护城河的水，人们专门抽上来浇灌它们解渴的；可那水散发着阵阵腥臭，还夹杂着绿藻的细屑。映山红们不停地拼命抖动身躯，想要挣扎躲避，可它们心里清楚，为了生存，那是无法逃避的宿命。它们也知道，相较于其他同伴，它们还是幸运的。去年冬天进城的时候，它们亲眼看见先于它们来到这座城市的同伴们，居然被安置在了大马路的绿化带里，整天与噪音与汽车尾气为伴，还有那些不文明人们的践踏与所扔垃圾的折磨。唉，既然命运让它们生离故土抛向城市，那就随遇而安吧，毕竟生存才是第一位的。再说，在这个人类所主宰的星球上，像这样被迫背井离乡的花草树木们，又何止它们映山红一族呢？就让自己把对故乡的思恋之情深埋于心底吧！毕竟，所谓故乡也是因境而异的，也许若干年过后，这座自己目前还很陌生的城市，也就成了它们子孙的故乡了呢！

午后，它们身边的一楹轩榭内，正有一群人围着数罐盆栽指指点点，还有伴随着闪光灯的相机的咔嚓声传来。映山红们透过落地长窗玻璃望进去，只见几丛身材肥硕、长相鲜嫩的灌木被装进几只精致的青花瓷盆里，正享受着人们的围观与啧啧称赞。这些被人们视为至宝的灌木一律开着绿莹莹的花，鲜艳、娇嫩而矜持，透着股贵族气息。如果不是叶子跟它们极其一致，如果不是那嫩黄的流苏样的花蕊与自己一模一样，映山红们简直怀疑那是另外一种什么名贵的花草了。听人们议论，那是人类经过长时间努力才精心培育出的新品种。这种开着绿色花朵的映山红，本是生长在西南大山深处的稀有品种，据说那是它们映山红家族的基因突变所致。物以稀为贵，人们发现它们后便煞费苦心的加以培育，如今终于作为成果让它们惊艳亮相了。这可让身居小游园花圃里的映山红们伤心不已了。作为这万千世界的一族，它们映山红本就是以自己的生命装点大地，彰显价值的；可现如今，人类非得要将它们扭曲异化，以满足他们的私欲。怎奈它们在人类面前永远只是低等生物，也只能忍气吞声了。

抬头看看天，天空似乎放晴了，阳光也灿烂了许多。头顶上有洁白的云朵在淡蓝的天幕下悠悠的飘荡。映山红们恍惚感觉自己回到了山野的家乡，尽管它们知道，自己是永远也回不去了。

第四辑　悟道篇

独坐星空下

浓重的夜色从四面八方漫了过来，潮水一般，凉意沁人。苍天穆穆，透露着一种深不可测的神秘意境；长风浩荡，摇荡出满山萧萧瑟瑟的天籁之音。群山连绵，波涛般在夜海里涌动着，仿佛还传来了隆隆的声响，飞溅起四散的浪花。天空不见半点星月，地上难觅一豆灯火，天与地交融一体。四下里一片宁静，偶尔有飞鸟投林的剪影从眼前划过，弹入身旁的林子，继而便有蒙蒙眬眬的呢喃之声传出，低一声高一声地，琐屑而温暖。

此刻，一个盛夏的夜晚，我独坐于天目湖的崇山峻岭之中，远离尘嚣，感觉自己仿佛回到了梦寐以求的世外桃源。山真静，夜真静，心更静。头顶的夜空什么时候便亮了起来，似乎是一眨眼的工夫，便是一片星光灿烂了。稍后，月亮也就从容地于东方的群山之中款款步入天际，金灿灿明晃晃的，一派雍容华贵之态，足以使整个苍茫的天际熠熠生辉。而星星们却不惊不躁，一派安静恬适之态。也许它们知道，这轮华丽的月亮在经历了最初的辉煌之后，不久便会回归朴实无华，最终坠落于西天。因为它们看惯了太多的月升月落，生生息息，看惯了太多生命的繁衍、辉煌与消亡。它们深知，生命其实就是一种过程，平淡也罢，辉煌也罢，只要你经历过了，体验过了，你便无怨无悔，你便会以平和的心态从容面对花开花落与潮起潮落。

忽然想起了儿时的情景。儿时在乡下，夏夜酷热难耐又无事可做，唯一的消暑方法便是掇上长条凳椅，在家门口的青砖场上乘凉。天暗下来的时候，孩子们喝着姜糖茶，摇着芭蕉扇，听着如潮的蛙鸣声，或站或坐或躺，随心惬意，仰望天际，静静地等待星月的登场。“月亮出来了！”不知是谁第一个发现的，惊叫了起来。“好大好圆好漂亮哪！”于是所有的孩子便都惊呼并赞叹起来。而几乎就在同时，满天繁星也就全都跳了出来，亮晶晶闪莹莹的，对我们调皮地眨着眼。月亮是一个盛装而出的新娘，惊艳动人。她从哪里来？穿过漠漠长空，又将嫁往哪里去？那颗明亮的北斗星，她真能带着地上的人们走出黑夜走向光明吗？还有就是扁担星挑着灯草过银河的故事，那个后妈难道真的那么狠心和偏心，结果遭了报应吗？所有这些关于星月的故事都让孩子们充满好奇和疑惑。后来，带着这些好奇与疑惑，孩子们一个个都走出了闭塞的乡村，走向了一片片广阔的天地，跌打滚爬，试图去寻觅答案。

如今，当年的孩子都如同我一般，于穿越岁月风尘的间隙蓦然回首，却发现自己已于不知不觉中步入了人生的秋季，童心已逝，青春不再，壮志难酬；而那些留存于心底的夏夜星空下的疑问似乎已经有了答案，又似乎没有。而当自己再次独坐于这片熟悉而又陌生的星空底下时，忽而如有所悟。都说时光如流水，其实，时光是永恒的，就如同这夏夜的星空，流走只是我们，我们这些一代又一代的生命。

那么人生奈何？奈何人生？唯有坦然面对。

灵石数枚养浩气

案头清供有灵石数枚，大者不过一握，小者才如鸟蛋，奇形怪状的；可漾在清水里，一律地晶莹剔透，且色泽鲜洁斑斓。伏案劳作之暇，把玩品味，其乐陶陶。

今年盛夏去天目湖避暑，车子贴着山崖在浙西的崇山峻岭间萦绕迂回。一路上茂陵林修竹遮蔽，雄峰巨壑逼人，鸟语溪声相伴。也许是长途跋涉的劳顿，抑或是投身山野的兴奋的缘故吧，还没到目的地，有几个便吵闹着要下车走走。于是，车子便拣个山道岔路口的空地随意停靠，大家一哄地下了车，四散在附近的山林里溪涧畔。四周都是高耸的山峰，将这片野豁豁谷地围得密不透风。正值晌午，头顶的炎阳沸水般浇泻下来，我们便挽起裤管光着双脚，泡在哗哗作响的溪水里享受那点清泉的凉气。山泉激越，冲刷着敞开的山沟。它们时而合成一瀑，以不可阻挡的凌厉之势直泻而下，将我们撞击得左摇右晃，难以自持；时而又分散成数缕，潺缓流淌，从容嬉戏着两岸纷披的长草，逗玩着挡道的巨石。山沟里布满了大大小小形状各异色彩斑驳的卵石。它们有的被水势推搡着，一路跌跌撞撞从上游翻滚而来；有的则定定地沉于水底，任凭水流冲刷却岿然不动。山涧拐了S形大弯，在一处山崖下积水成潭。潭并不深，潭底堆满了厚厚的一层卵石。我们索性赤膊跳进水潭，洗起天然澡来。不经意间，我用脚趾钩起一枚石丸，扁平、本白，有些许裂痕。再翻转一看，正中居然有一团灰黑色的图案，画面呈参差起伏状，还间以细白的条文。那不是一幅浑然天成的山水画吗？群峰耸峙，溪流潺潺。莫非它就是眼前这片山水的浓缩版？我兴奋不已，赶忙如获至宝似的藏进了衣兜里。回家反复把玩，越发感觉大自然的鬼斧神工简直到了不可思议的境界，看着它，仿佛自己已把这片山水永久珍藏于家中了。

去敦煌的旅程艰辛又兴奋。也是夏天，中午，塞北的艳阳烈火似的的流泻，空气干涩得让人几近脱水。茫茫戈壁沙滩，风干了一切葱绿的生命。芨芨草无精打采地伏地，似垂死的跋涉者；胡杨树孤零零地站立，举目四望，仿佛在寻觅不幸掉队的同伴；只有仙人掌举着扁扁的绿脑袋，一如沙漠的精灵，欢迎着我们这些远方的来客。我们的车子一路绝尘飞驰，在一亘暗黄色的山前停泊。走近山脚，方见东一片西一片的绿地四散于远远近近的山体周围，一看便知都是人工培育的。莫高窟窿全是高高大大的，需爬上爬下且仰视才见。我们被前堵后拥的人群驱赶着，挨个欣赏，不停赞叹。累了，拣一处偏僻的旮旯，半躺在一块骑跨于山沟的沙石上小憩。兴许是无聊，随手抓一把身边干涩的沙砾，然后任其于指缝间慢慢地滑落。末了，却感觉手心有一团圆溜滑腻的东西残留，送到眼前一看，不觉讶然：原来是一颗玻璃弹子样大小的东西，通体的黑，且黑得透亮，中间还有个细孔。给身边懂得玉石鉴赏的同伴一鉴定，断定为花岗石丸，而且肯定不是敦煌地产的，多半是当今哪个游客或是古代朝圣者的遗失之物，或许还是哪个朝代的守边将士不慎丢落的护身符呢！可我宁可相信是后者。那么他应该是来自哪个山明水秀的内地的汉代或唐朝的壮丁，临行前慈祥的母亲或心爱的妻子给他准备了鼓鼓囊囊的行李，最后还在他颈脖上系上了这颗祈求平安的吉祥玉石。可他最后还是在某场杀伐中壮烈殉身于这大漠边地了，而这枚玉石，历经千年岁月风尘也终于返归人世，让我们去遥忆起那段峥嵘岁月！

细细想来，家中的那些碎石，无不都是这样于历年的游山玩水中拣拾累积的。

而今，于深秋的午后，静坐窗前，面对眼前这一枚枚山石，不禁浮想联翩起来。一时间，仿佛觉得自己面对的其实就是集天地之大美的佳山胜水，凝千秋风云的壮阔历史了。它们足以使我洗心滤思，荡气回肠，涵养一腔浩然之气！这也是始所未料的。

阳光的味道

我是个典型的农家子弟。小时候在乡下，每到深秋初冬，母亲总要给全家整理过冬的床铺。那时候家家都很穷困，所以床铺的被褥也都是就地取材。晚稻都收割脱粒完了，家家户户的场地上都晒着稻谷，田岸上晒着稻秆，整个空气里弥漫着丰收的庄稼的气息。此时，母亲便会挑选好几捆色泽青白、骨子硬实的稻秆晒干、去壳后铺到床上，然后用细薄棉纱网起，再在上面垫上一层薄薄的棉毯和一条粗布被单，最后再添置一条稍厚的棉被。这样，过冬的床铺就算齐备了。晚上，枕着一床混合着稻秆和阳光味道的被褥入睡，松松软软的，感觉特别温暖舒适，就连梦境也是暖暖的、香香的。

过了些时日，感觉床铺不再松软保暖了，就拣个好日头，搬到阳光底下晒上一整天，再替换些事先预备好的稻秆，准保暖和。如此的循环往复，直到来年春暖花开，母亲才会翻上春天的床铺。就这样，记忆中寒冷的冬天，贫穷的日子，却因为母亲的精心打理而变得温暖无比。此后的日子里，那份童年生活中阳光的味道、温馨的记忆，一直留存于心底，温暖着我的人生。

读大学的时候，我才十八岁，班上的同学大都年龄相仿，可以说还是一群大男孩。因此生活自理成了大问题。那时不像现在这样时兴被套，被子盖脏了，一定要拆卸下来手洗、晒干，再重新翻好，整个过程很是麻烦。所以除了几个特别手巧的，大部分男生对于这件头疼不已却又不得不干的“女红”活苦恼无比。加上我们中文系的男生宿舍局促在学校生活区的一隅，背阴，终年都照不到阳光，尤其是冬天阴冷阴冷的，大家都想找地方晒被子而不得。这时班上的一群女生总会很热情地为我们排忧解难，为首的是大姐。这是一位比我们全班同学要大三四岁的女同学，“文革”的最后一批知青，据说上山下乡那会儿去了安徽农村，吃过不少苦，如今终于考上大学脱离苦海成了我们这些小弟弟小妹妹们的同学。她为人特别热情真诚，生活上对我们关心备至，因此大家都亲切地称她为“大姐”。

冬日的星期天，大姐领着一群女生来到我们宿舍，她挨个把我们床上的被子卷起，传到那几个涨红了脸扭捏着站立在她身后的女同学手上，然后抱出宿舍，嘚嘚嘚地出了楼道，径直来到她们女生宿舍楼前那片临河的洒满阳光的草地上。草地中央是一方乒乓球活动场地，大姐她们就在这几张乒乓桌上将所有被子铺开拆卸，棉毯平铺在草地上晒太阳，被单则搬到河滩上清洗，然后再在草地的树干上系上长绳，将洗好的被单晾晒。傍晚的时候，大姐又带领女生们就着乒乓桌，在草地上一字排开，帮我们将被子重新翻好。新翻的被子洁净舒心，而那一床阳光的味道，足以温馨我的那段青春岁月。

阳光普照大地，可难免有被遗忘的角落。前阵子所在的学校为一位孩子募捐。这是一个十分可爱的小男孩，阳光开朗，成绩优秀；可天有不测风云，家境本就清贫的他双亲竟然在两三年间先后患病去世，仿佛天塌了似的，孩子的生活一下子失去了依靠，情绪也日渐地萎靡。入冬了，看到孩子衣衫单薄，师生们纷纷捐款捐物，并为他安顿生活。我回家特意为他准备了一件崭新的羽绒服和一身毛衫，并托付妻子晒上几个日头，到校亲手交给了孩子。孩子看到那么多人这样热心地关心、呵护他，显然很感动，终于重拾起生活的信心，恢复了往日的开朗性格。

一日清早到校，我在校门口遇见他，跟他打招呼。一缕朝阳映照在他稚嫩可爱的脸上，甜甜的、香香的。我知道，那是阳光的味道。

文学三友

平生喜欢舞文弄墨，于是以文会友，结交了一些朋友。仔细想来，主要有三，分述如下：

二十多年前，本地一家颇有影响的报纸副刊举办文会，和众多文学青年一样，我以极大的热情参加了此次盛会，会议休息的间隙，一位高出我半个个头的小青年捧着一杯自带的碧螺春茶，主动上前与我搭讪，并自报家门，将一个副刊上熟知的作者名字送入我耳朵。于是我以同样的热情回应了他，于是我们便成了好朋友。此人便是M君。后来才知道，M君小我两岁，原来是一位校办厂的工人，刚结婚。后来去他家，才得知其婚房设在一间简陋的小镇老屋内，阴暗潮湿，只能算是与夫人的夜宿之处，他的一日三餐与主要生活场所却在其岳母家。此后校办厂关门歇业，M君便成了无业人员，好在他所在的小镇地处太湖之滨，是个有山有水的旅游胜地，M头脑活络，便开了间“农家乐”，食宿一条龙，专门招揽苏沪等地游客，还兼营当地的山珍湖鲜。一时间生意做得红红火火，成了当地小有名气的勤劳致富的能手。但他业余时间从不放弃文学创作，文章隔三岔五地见诸报端。我们意气相投，自然成了好朋友。每逢过年过节，我们都会相互走动，有时还会利用点关系，帮他在单位销掉点特产什么的。

可就有那么两三年时间，M 君突然像消失了似的杳无音讯，也不见其作品，给他打电话，哼哼哈哈地。我心里一直纳闷狐疑，甚至还有直奔他家探个究竟的冲动。有一年的“五一”，M 君突然来电话邀我去他家玩，我欣然前往。待到踏进其家门，简直惊呆了：好一幢气派漂亮的小别墅！席间，他向我解释了这几年失踪的缘由，原来他伙同朋友前往缅甸经营珠宝去了，收入不菲，回家盖房，彻底告别了寄居岳母家的生活。他还借着酒意跟我说，从此告别文坛，专心经商，这年头有钱就是爷。还说，人生在世，离不开朋友，但穷有穷朋友，富有富朋友，此一时彼一时。我于酒意蒙眬之中，似乎听出了点弦外之音，从此便与其疏于联系。

与 F 君的结识纯属偶然。记得是那年的 5 月，在水乡小镇黎里参加本市的中青年作家培训班，四五十号人。那天上午聆听了陆文夫的专题报告，下午小组讨论漫谈。席间一位与我年龄相仿的老兄发言颇具特色，引起大家关注。他说，自己也是一把年纪了，文学创作上却无所建树；而陆文夫当年在自己这个年龄的时候早已成名，每每想到这里，痛心疾首，夜不能寐，云云。顿时引起了全场的哄笑。而他讲话时的诚恳表情，让人确信他的这番感慨完全出自肺腑。其实，他当时也就三十七八，这对于一位文学创作者而言，尚在青春年少之时。也就是在这短短一周的培训期间，我们不知怎么就成了特别投机的好朋友。此后的十多年相互鼓励，笔耕不辍，他成了本地小有名气的文学创作者。可不知怎么的，F 君突然搁笔了，而专心致志地从事起图书经营业来，起先还是纯文学的作品的经营，后来卖起了地摊小说，与中小学生的教辅资料之类的东西，再后来干脆什么好卖便卖什么。钱越来越多，可离文学却越来越远。某年春节，朋友小聚，F 君踌躇满志，说，文学是笛子，闲来吹吹；朋友是票子，用来花花。听罢高论，我与 F 君就此别过。

C 君是 M 君介绍给我的，曾是我们俩共同的好朋友，现在却成了我与 M 君那段曾经的纯真友情的见证人。他年龄比我们都大，干过许多行当：知青、警察、科研院所中层干部，现在却是一名自由职业者，靠贩卖山货为生。一路走来，风光过也曾憋屈过，喧闹过也曾孤寂过；但对文学却一如当初，痴心不改。他曾说过：生活是一枚板栗，你只有用心并用力地去一层层剥开，才能找到它的本真。文学是我们头顶的星月，源于生活却超越功利，能点亮你终生的希望。C君长期蜗居于太湖之滨，一个山明水秀的地方。因为用心用情，他对于当地一草一木一砖一瓦了如指掌，而且如数家珍般地有情有致地都写进了他的作品之中。也许是有鉴于其创作成就，外地的两家报纸副刊曾先后邀请他去任职，但都被他婉言谢绝了。事后他跟我解释说，自己所居之地是一处原生态的文学创作素材宝库，愿终生深潜其中，做一名淘宝工。于是我明白，文学创作不仅需要热力与耐力，更需要一种难能可贵的定力。

与C君的交往随意而轻松。惦记了，就打个电话问候一下；高兴了，就冲过去探望一次。见面时也就是几样小菜一瓶黄酒坐上半天，八卦世相纵论天下；继而随身携带一杯清茶，迤逦而行，爬山看水。从不讲究交往之礼节，有东西就捎点，没有便空手来去。C君曾多次说，朋友之道，在于意趣，意趣相投者，方能成为真正的朋友。讲究地位名利者，无友情可言；权衡利害关系者，虚情假意；即使是看重义气者，终非保有恒久之友情。友情是一种超越功利的东西，这与文学相仿。

此言甚善！

来生愿做一棵树

老人将自己抛置于一方山旮旯里。

两间瓦房是祖上的遗产，一棵老榉树已有数百年高龄。瓦房依山，虽几经修葺却依然保持着粉墙黛瓦的苏式风味；老榉树矗立于门前的青砖场地，枝柯交错，浓荫遮蔽。一条土路从场地的西南角抛出，弯弯绕绕地缠系于山脚下，将山峰那一头的村庄连起。

老人、老屋、老树，一副离群索居的意态；却又与世俗生活又保持着若即若离的联系。

深秋了。老榉树叶枯黄了，有一搭没一搭地飘落下来，如老人的思绪。树下，一张青山石桌，椭圆；桌上，一盏碧螺春茶，清香；桌旁，端坐一人，乃老人。现在是午后，老人劳作之余的小憩辰光。山脚下垦荒辟地，莳种蔬果，锄草松土施肥收割，老人自食其力，从不停歇。在老人看来，劳作是其退休生活的一部分。环视青山，呼吸新鲜空气，饮食时鲜蔬果，看天光云影流转，赏四时佳景嬗变，实乃人生之大幸。

老人少年离开山村，外出求学谋生，娶妻生子，辗转数地，一辈子干的都是教书育人的行当。如今他退休了，厌倦了四处漂泊，厌倦了都市喧嚣，终于说服子女，安顿老伴，只身回到生养自己的山村，收拾废置多年的老屋，恢复了自己大山儿子的身份。老人刚回老屋的那天是一个秋日的黄昏，青山依旧在几度夕阳红的那种黄昏，老人紧紧抱住了门前的那棵老榉树，然后便是一遍又一遍地抚摸，一次又一次地端详，当他发现老树还是那样粗粗壮壮似乎跟童年记忆中情形一模一样，而自己却已由当年天真烂漫的少年变成了一位耄耋老人时，不禁感慨万千，悲从中来。老人终于明白，与树相比，人生是何等地短暂与渺小啊！

其实，老屋门前原本有三棵老榉树的，据说是老人的曾祖父种下的。老人还有两个哥哥，和他一样都是年少时外出求学谋生，在山外的都市安了家，从此没有回来过。老人至今还清晰地记得，当年自己的父亲曾指着门前的三棵老榉树对他们兄弟三人说：自西向东，由大到小，每人一棵。如今，其他两棵因为长得树干挺拔，被山外的绿化队看中了去，成了不知什么城市什么地方的景观树，就像老人的两个哥哥。但让老人心疼的是，它们被移走的时候全都被砍枝削叶剁根须的，还五花大绑，弄得已经不成树样。更让老人伤心的是，其中一棵居然于移栽两年后莫名地枯死了。而唯独这棵因为不成材，又全身长满结痂，如同老人身上的肉赘，依然扎根于故土。老人真为它感到庆幸，因为老人坚信，树和人一样，都是依恋故土的。因为无才而幸免于难，这个道理让老人咀嚼了良久。

不时地有朋友到山里来探望老人，而且全都众口一词地称赞老人是老树的主人。老人却说，才不呢，这老树才是自己真正的主人呀！生年不满百，与老树相比，人才能活多久呀？老树送走了自己的曾祖父、祖父与父亲，不久的将来必将把自己也送走呢！这一代又一代的生命，全在老树身边悲欢离合地活，悄无声息地走，老树却不惊不躁。更何况，这老树不争不强，端正安详地活，恬淡从容地活。熬罢四时，坐断红尘，活出了一派生命的大美气概！

所以老人说，来生愿做一棵树，永远活在这山间，活它个地老天荒！

生如夏花灿烂

今天是甲午年的中元节，一个追思逝者的日子。夜深人静，静静地坐在桌前，写作此文，追忆我的恩师吕锦华先生。

吕先生是七月初十那天走的，离立秋还有两天，一个夏之将尽而秋日未到的日子。是呀，吕先生正值人生的壮年，她是英年早逝啊！

初次认识吕先生是1996年的秋天。那时的我刚刚涉足文坛，热情高涨，诗歌、散文、散文诗等，什么都写，其中有一篇叫作《路》的抒情短文发表在当时的《解放日报》上，得到了吕先生的肯定。那年的11月份，首期苏州市中青年作家培训班刚好要在吴江黎里开班，承蒙吕先生垂爱，便把我推荐了过去。培训班上，我有幸聆听了吕先生、陆文夫先生等当代名家的教诲，对文学创作的有了全新的认识。也就是在培训期间，我怀着一颗忐忑不安的心，向吕先生提及想要把自己自1990年以来所创作的作品结集出书的想法。因为我当时虽然写了不少的作品，也陆续地在各类报刊上发表了一些，但自己觉得尚显幼稚，因此也不敢太自信，所以跟吕先生提及此事，只是抱着“试试看”的心理。可让我万万没有想到的是，吕先生听了我的想法后竟然大加鼓励，并热情为我联系出版事宜，还亲自为我的书作序。就这样，在吕先生的关怀下，第二年，我的第一部散文集《一川烟草》正式出版了。吕先生当时已是蜚声文坛的当代散文作家，可对我这样一位初出茅庐的文学后生竟如此厚爱，着实让我感动不已！

此后我与吕先生的交往便日益密切起来。我曾拜访过她在桂花新村的寓所，整个家里陈设极其简朴，就几件必不可少的家具，沙发桌椅，粉墙砖地，简约而大方。唯一奢侈的书籍，从客厅到房间，满满当当地足足装满了好几个书柜！我也多次到过她在人民路乐桥附近的文联办公室，身为苏州市文联副主席的她，就一间办公室，两张办公桌，外加一台电脑。其余的把屋子填得挤挤挨挨的就是书籍了。作为一位勤勉高产的作家，吕先生一生出版了二十多部作品。她就像一只辛勤的蜜蜂，在生活与书籍的花朵上飞舞、采撷，尔后以自己丰富的情感与睿智酿成蜂蜜，奉献给广大的读者。

有一阵子，我曾经向吕先生倾诉过因创作状态不佳而产生的焦虑情绪。先生听后先是淡淡一笑，尔后诚恳地跟我说：不用急，写作是一辈子的事情。写不出的时候就好好读书，认真生活，静静思考，慢慢地滋养自己；等到内心充盈了，文思自然就会涓涓流淌了。先生还向我介绍了她自己的体会，说她每次外出采风，从不凑热闹，而是喜欢落单，一个人缓缓地走，细细地看，痴痴地想，以自己独特的视角去观照生活，思考人生。这样的习惯让她获益匪浅。

在先生的一路扶持下，我的创作渐渐地成熟起来。2007 年，当我的第二部散文作品集《落花人独立》即将出版之际，我又向她提出要她作序的请求。她爽快地答应了，还说她经常关注我在各类报刊上所发表的作品，并一如既往地说了许多鼓励的话，让我信心满满的。

先生是在与病魔搏斗了五年以后才离我们而去的。我想，她对这个世界、对自己所钟爱的文学创作事业一定是无比眷恋的；怎奈天不假年，让她过早地离开了我们。她就像一朵绚丽的夏花，曾经那么璀璨地绽放于这个世界，绽放于文学的天地间！可如今，这朵文学的花儿凋零了，永远地凋零了！

有道是，长歌当哭。我不会歌，唯有撰此短文，以寄托对恩师吕先生的哀思。先生一路走好！

守望在黎明前的幽暗中

深夜四点半钟的时候，整个东园一片幽阒。城市在将醒未醒间打着哈欠，伸着懒腰，眯着惺忪的睡眼打量着这个世界。

我独自坐在熟悉的松林底下的山石上，接受着微煦晨光的沐浴，整个身心都被浸润了。四下里朦朦胧胧地，树木、山石、亭榭、池水都模糊成高高低低的一大团，将我严严实实地包裹着，感觉自己也成了其中的一部分。偶尔有一两个早起如我者进了园，瑟瑟索索的脚步声夹杂着喁喁语声，从身边的密林小径流出，似近又远。

这里是古城的正东方，古城墙的遗址所在。遥想当年，一条娄江从城墙跟儿下的护城河边抛出，萦萦绕绕，脐带一般牵引滋养着城外的万顷田畴，也将这温文尔雅的东吴文明远播四方。如今，当古城数千年的记忆都漫漶成眼前的萋萋芳草、森森树林，独坐的我便只有守望，守望这座我挚爱着的城市从黎明前的幽暗中渐渐醒来，守望崭新的一轮朝阳在我生命的天宇里冉冉升起，驱散昨日的黑暗与阴霾！

有阵阵微风拂来，吹散了眼前的雾霭与幽暗，吹醒了枝头的小鸟。小鸟高兴起来了，先是啁啾歌唱，继而扑棱着翅膀飞东飞西，满心欢喜地迎接着这清新美好的又一天的到来。数步之外蓊郁着一池荷塘，圆圆绿绿的叶子将水面遮盖得严严实实，偶尔有一两处被晨风掀开，瞬间闪出几隙波光，旋即又合拢起来。红红白白的花儿娉娉婷婷，在参差绿叶间，在晨熙流光中轻歌曼舞，尽显万般风情。最忙碌的要数蜻蜓蝴蝶们，东走走西瞧瞧，漫无目的地四处游荡，俨然将整个荷塘变成了他们的乐园。而青蛙们时断时续的歌声，则成了这方热闹乐园里绝美的背景音乐。

东方的天空在斜斜的树林的缝隙中，从暗黑渐渐地变成了淡青色。园子便也随之热闹起来了。酷暑难耐，清闲的老人们便躲进园子乘凉避暑，吸氧健身。走路累了，锻炼倦了，大家便东一搭西一堆地坐着喝茶闲聊。家长里短的事，咸咸淡淡的话，说乐了放声大笑，言悲了唉声叹气。身边不远处，有几位正津津有味地说道着哪家庆生祝寿的事，栩栩如生的场面描述，活灵活现的人物介绍，七嘴八舌的议论点评，活脱脱地上演着一档苏州评弹！也许人生本就苦多乐少，所以人们大都喜欢将欢乐放大，从孩提时的满月、周岁，到成年后的结婚、祝寿，再到工作生活中的乔迁、升职，乃至一年四季中的无数个节假日的庆祝狂欢，想方设法地找乐行乐，以疏解生活的烦恼，消弭人生的痛楚。

此刻，我、老人们，身边的山石林木与池水，眼前的一切生灵们，都在这黎明前的幽暗中，静静地守望着、守望着……

攀缘

小区一角的直角形的围墙边翠绿着一丛凌霄花，前些年长得稀稀落落的，并没有引起我的多大注意。可今年的春天，它却厚积薄发似的突然蓬勃起来了，居然在墙脚边弥漫高耸成了很大的一摊。

初春的时候，它还只是五六条短短的细细的灰褐色枝条，散乱慵懒地贴在墙脚跟，在料峭的寒风中抖动着。天气渐渐转暖，不几天，这些枝条便慢慢地泛青直立起来了，而且有了鲜润的色泽。待到几场春雨过后，它们居然全都爆出了米粒样大小的嫩黄色芽尖，先是零星的几颗，继而便麻密起来，茁壮起来，仿佛一群可爱的孩子，挤挤挨挨探头探脑，惊喜地打量着这个全新的世界。

后来有一周左右的时间我出差在外，忙忙碌碌之余，也会在晚上躺下未入睡之前，偶尔惦记起小区的这丛花来，并无端地想象着它在这春天里疯长的情形。那天傍晚回家，刚进小区大门，还没来得及去家里安顿行旅，我便条件反射似的直奔墙脚边，急欲去看望这位久违的朋友。走到它跟前，我不禁惊呆了：整个直角形的墙脚都被满满的一丛凌霄花撑满了！夕阳朗照，浓翠欲滴，晚风习习，肥叶招摇。弥漫的枝条业已翻过墙头，攀爬到了墙外的一柱电线杆上，并且还在继续攀爬着，大有直上云霄之势。定睛细视，每条藤蔓梢头上，都挂着环形的小铃铛似的淡青色小花苞，风儿吹来，晃晃悠悠地，仿佛发出了一串串脆亮的声音。

此后的日子里，我便等待着花事的如期而至。五月中旬的一个周末早晨，我晨练回家，目睹小区的草坪间、步道上落英缤纷，不禁心生感慨，默默慨叹时光流逝，春天易老。待到走近这丛凌霄花时，却惊喜地发现满墙的凌霄花开得艳丽芬芳，蜂围蝶舞。盛开的，举着金色的大喇叭引吭高歌；半开的，朱唇轻启，欲言又止；含苞待放的，鼓鼓的花苞中深藏一点猩红。而那些枝枝条条们，横者几乎爬满了大半堵墙壁，竖者则顺着电线杆奋勇向上，已经攀爬到了杆顶。它们仿佛要以这样的绚烂，这样的奋力攀缘与蓬勃向上告诉我：不要伤感，也不要埋怨，只要你努力了，春天便永驻心田！

于是，又想到了单位里的那几株藤萝。我所在的单位本是北宋年间一位宰相的祖宅，里面假山林立，曲水蜿蜒，花木扶疏。靠西的小花园里植有一架紫藤萝，据说已有百多岁年龄了，每到初夏，满棚满架的紫色瀑布垂挂而下，煞是壮观。撩起一绺送到鼻尖，甜香醉人。而且每年开花季节，它们总会越过棚架，蹿到旁边的香樟树上和山墙上，让人望而兴叹。与之毗邻而居的是园子中央一口古井上方的那架葡萄树，春天泛青，初夏盖荫，初秋挂果。还有就是弥漫在山墙上的爬山虎，从仲春一直绿到深秋，雨天挡雨，晴天遮阳，以自己的身躯为墙内的住家们带去实实在在的帮助。

更多的是生长在乡野的藤萝们。在苏南乡下，每到夏天，几乎每家的门前或屋后，都会搭起一架丝瓜棚，棚架就地取材，是从自家的竹林里砍伐竹子取得的。瓜秧是春天栽下的，等到夏天爬藤、开花、挂果。这样的棚架，既能遮挡炎炎烈日，又能提供丰富的食材。至于田间地头的那些黄瓜、南瓜、冬瓜之类的，更是由春至秋，热热闹闹，轮番登场，完完全全渗入了乡人们的日常生活。

其实，细细想来，像凌霄花那样的藤蔓们，其共同的特点便是攀缘：攀缘墙壁，攀缘树木，攀缘棚架——有什么便攀缘什么。可以说，攀缘是它们的存在方式与生命意态，它们的生命因攀缘而尽显风采。而我们的人生又何尝不是如此呢？年幼时我们攀缘父母，年长后我们攀缘亲朋，待到年迈时，我们又攀缘子女。我们的生命，同样因攀缘而精彩，因攀缘而彰显价值。

送学

数十年，几代人，高考如影随形，始终都伴随着我们的家庭生活。考前的辛苦忙碌准备，临考参考的提心吊胆，发榜时的欢乐与忧愁，无不牵动着每个家庭的神经。待到欢天喜地地为孩子去送学时，有关“高考”的故事便已进入完美的尾声了。可正是这尾声，让我这位当年的儿子与如今的父亲，平添了几分感慨。

十年前的九月六日那天，我们一家早早地起了床，准备送女儿去杭州上大学。我先将事先准备好的行旅包裹一件件搬到楼下，塞进汽车后备厢。然后，反复地检查后视镜、轮胎、空调等，尽管昨天早就查验过，但还是一副放不下心的样子。妻子准备着丰盛的早餐，还将女儿平时爱吃的水果糕点等分别装袋，足足预备了女儿个把月的水果零食，仿佛这不是送女儿去上大学，倒是像去上幼儿园似的。女儿呢，从房间到客厅再到书房，来来回回地走动，像是寻找着什么，又像是在依依惜别她这个从未离开过的家。

从苏州到杭州足足走了两个半小时的车程，终于在午饭前到达了杭州东郊的下沙大学城。下车走进大学校门的那一刻，也许是触景生情吧，我的脑海蓦然闪现出了三十多年前父亲送我上大学的一幕。可还没等我来得及感慨，女儿已经在校园志愿者的引导下，站在报到处向我们招手了。办理完一切入学手续，我们便来到新生宿舍。打扫卫生，整理铺盖及日常生活用品，等到一切拾掇停当已是下午三点多光景了，好不容易坐下来一边吹风扇，一边稍微缓解一天的疲劳。看看宿舍这么大热的天也没个空调，生怕孩子晚上睡觉不吹风扇吧，会热得受不了；吹着睡觉吧又会受凉患感冒，于是又赶到外面的超市买了个微型吊扇回来，装在蚊帐顶上，才算放了心。傍晚的时候参观校园，发现教学区距离生活区很远，又担心孩子往返不方便，于是又去购置了一辆自行车。

当晚投宿校内宾馆，思前想后，怎么也睡不着。于是，当年父亲送我上学的情景便又清晰地在脑际回放。我是家里，也是我们村上的第一个大学生。在当时，一个农村孩子考上大学，也就意味着从此脱离贫困的农村生活，捧上了安居乐业的金饭碗。这在全家全村乃至方圆十里八乡无疑是天大的喜讯。一向低眉顺眼的父母从此扬眉吐气，受到了亲朋好友村里村外乡亲们的祝贺羡慕乃至忌妒。特别是父亲，从此在村里像个英雄似的，走路背也直了，胸也挺了，跟乡人们打招呼，总是笑眯眯的，一副自豪与自得的意态。一番宴请庆祝之后，眼看上学的日子也快到了。

上学的那天早晨，父亲肩扛手提一堆包裹，走了足足一个半小时的乡间小道，把我送到镇上的汽车站；然后又是一个多小时的车程，来到城里的火车站；接着就是四个多小时的火车，方才来到省城。等到辗转到达校园已是傍晚时分。尽管一整天父亲忙于为我奔波，可他一直很兴奋。记得踏进大学校门的那一刻，向来不苟言笑的父亲竟然笑得连嘴巴也合不拢，还摸着我的头，动情地说："知道吗，你叔叔曾经建议我别让你读高中，帮家里下地做农活；有段时间我也曾经犹豫过，但看你这么喜欢读书，还是坚持了。现在你终于考上大学了，要好好珍惜！"此前，每当看到有同学突然辍学回家帮父母下地干活时，少不更事的我只是暗自为他们感到可惜。如今，父亲的这番话才让我恍然大悟之余，深深地庆幸有一位能理解自己的好父亲。

转眼数十年，如今，轮到我送女儿上大学了，简直就像一场父爱接力赛似的。如果说当年父亲支持我上大学是顺从了我求知的愿望，让我从一个乡野蒙童变成了一位知书达理的文化人，从而改变了我的人生走向；那么如今我这个父亲更多则是给了女儿以自信与阳光。和我一样，女儿是一个智商情商都一般的孩子，所以在学业负担繁重的当下，她高中阶段的学习之累之苦自不待言。尤其是到临近高考阶段，每次模考回来总是焦虑苦恼心事重重，其宣泄方式就往往是哭泣。此刻，我总会陪伴她到小区旁边的环古城河风景带散步聊天，劝慰开导，并告知她尽人事而听天命的道理。末了，永远是那句老生常谈的话：只要你尽力了，爸爸什么结果都能接受。

“父母之爱子，则为之计深远。”也许是受了父亲的影响吧，在以后的生活中，我始终都能顾及、尊重女儿的感受与意愿。在孩子遇到挫折时，也总能给予适时的劝慰、鼓励与关怀。毕竟，让孩子拥有一份自信与阳光的心态，比什么都重要。

逆面冲

逆面冲是句苏州话，意思是看不惯别人。这看不惯，看似无缘无故，实则事出有因。

小时候在乡下，邻里间为了芝麻绿豆的小事或量地分米之类的大事吵架是家常便饭。记得是我小学毕业的那个夏天，村上靠西头的两户人家因为其中一家要原地翻建新屋而起了纠纷，吵了几架之后仍然没有结果。也许是闲得发慌加之孩子好奇心使然吧，他们每次吵架我都在一旁观战，所以其间的是非曲直也都清清楚楚。终于有一天闷热的午后，想要起屋而又理亏霸道的一方终于请了大队书记来帮忙。

那书记长得矮胖，一张国字脸，马眼宽嘴巴，平时说话一言九鼎，村民们都怕他。农闲时全大队召开“批林批孔批周公”动员大会，或者晚上批斗地富反坏右分子，地点总在我们小学的操场上。司令台上，那书记不是作报告，就是带头揭发反革命分子的罪行，激动处，还会走到那些挨斗的乡亲面前，恶狠狠地抽上几个耳光。可怜那些一字排开站在台前被批斗的乡亲们，本来就已被折磨得如风暴中的弱草，颤颤巍巍的了，现在又冷不丁地挨了几个耳光，立马就东倒西歪，有几个甚至当场倒地。少不更事的我自然不懂什么阶级斗争，只是十分地同情那些挨斗的乡亲们；同时又莫名其妙地从内心憎恨那位凶神恶煞似的大队书记来。

如今大队书记又来当娘舅做判官了。只见他在请他帮忙的那家的屋场上的石桌边坐定，二郎腿一翘，招手示意两家男人站到他跟前。这家的女主人眼疾手快，殷勤地奉上一杯姜汤大麦茶。大队书记一开始还是装作很耐心地倾听两家各自陈述自己的理由，听着听着，突然竖起身子，指着另一家的男人的鼻子说道：

“人家要起新屋，把地基抬高点，跟你有啥关系呢？”

“可是……”

“没什么可是的，”大队书记打断他，“有本事你也起新屋，也把地基抬高！”

于是，这家的男人便犯了错误似的，瑟缩着站在一边，一声不吭了。一旁的我看着大队书记这副拉偏架的腔调，实在气不过，不知哪来的勇气，竟脱口而出道：“你这话不对！如果到了下大雨的时候，他们家场地上的水全都灌到这边地处的场地上来了怎么办？这不是损人利己吗！”

一向说一不二、让村民们敬畏的大队书记竟然当众遭到我这个黄口小儿的顶撞，让众人大为惊讶，一时间，他们都把目光齐刷刷地射向我。那书记更是被激怒得脸色煞白，瞪着大大的马眼望了我好半天，最后只是问了句：“这是谁家的小赤佬？”

傍晚的时候回到家，我被父亲狠狠地臭骂了一顿。父亲说，本来全家看我读书聪明，指望着让我被大队推荐，好好地上中学，读大学；这下得罪了大队书记，一切都完蛋了！此刻我也后悔莫及，没想到一次小小的冲动竟要付出如此高昂的代价！好在后来“文革”结束，恢复了中考高考，我的前程也就没有被耽误。我读大二的那年暑假，在村口的大路上竟然迎面遇见了这位大队书记，但彼此只是心照不宣地对望了一眼，也就匆匆而过。

如果说当年那位大队书记是因其专横跋扈而“冲”了我，那么工作后的我则是因为年少气盛不懂规矩而“冲”了别人。工作的第二年，单位选送市级优秀青年教师名单，一向工作踏实认真成绩斐然的我被公认为是不二人选，没想到在民意测验时我竟被淘汰了！一时间我受不了这个沉重的打击，甚是苦闷。事后导师告知了我原委：座谈会上，一位德高望重的老教师直言不讳地说我年纪轻轻却自以为是，不懂得尊重他人。

后来的工作与生活中，逆面冲的事情自然是时常会发生，究其原因，实在是因为当事者的某个缺点让对方看不惯甚至难以忍受。看来，想要避免此类现象的发生，唯一的途径便是不断地完善、提升自我。

随缘

年岁渐长，阅历增多，对生活况味自然有了更多的了悟。

那年参加大学同学会，地点就在我们母校所在的那座城市。近二十年未曾谋面的三十几个同学，男男女女的如今都已人到中年。虽说青春容颜已改，可同学的情意却恰如一坛陈酿，愈发地浓郁芬芳。正值人生最繁忙的季节，每个人的身后都有一大堆的琐事：工作的重压、生活的烦恼，乃至情感的纠葛。可现在我们可以暂且截断生活的径流，切割出一方属于我们的空间，然后让那湖溢满校园生活欢声笑语，与少男少女烂漫情怀的记忆之水，充溢其间。参观校园，于山石池沼、楼宇廊道间寻觅美好记忆；拜访老师，在音容笑貌、言谈举止中追忆课堂点滴。然后便是循着记忆的路径，去攀爬那座蓬勃着我们青春记忆的虞山。末了，自然是回到宾馆，欢聚晚宴。

就餐时，按照男女搭配的原则，全班同学自由组合分四桌陆续坐下。我看到她在第二桌坐定了，才特意隔开一桌，在第四桌靠墙的位子坐下。其实，打从在母校校园第一次见面礼节性地握了一次手之后，其后的一整天活动中，我都有意无意地与她保持着距离；因为握手的一刹那，我隐约感觉到她的眉宇间透着几丝淡淡的幽怨，她的眼神中传导出一股异样的热切。这让我既疑惑又不舍。但理智告诉我，一切都已经成为过往，如今我们都是有家有室有子女的人了。晚宴正式开始前，同学们有的与邻座随意地聊着，有的漫不经心地翻看着手机，而她却一边敷衍着邻座的招呼，一边存头翻阅着刚拿到手的同学通讯录，偶尔还像当年一样，嘴角漾出几缕优雅的笑意，朝我望望。对视的一瞬间，我分明觉得有一股电流将我击中，让我心跳加速，浑身燥热。但我很快让自己镇定了下来，侧过脸若无其事地跟邻座的同学热情地攀谈了起来。

相互敬酒的时候，她和另外两位女同学走向我这边，分三点散开在我们桌前，她则站在我身旁。只见她落落大方地举起酒杯，朝我们桌上的每位同学频频碰杯，点头致意，然后轻轻地抿了口杯中的红酒。最后，趁着同学们相互寒暄的当儿，她举起手中的酒杯跟我重重地“叮当”了一下，随即仰起头将满满一大杯红酒一饮而尽。这时，我清晰地看见她的脖子依然是那么地雪白而修长，她的头发依然是那么地滑爽而飘逸！随后，她将空酒杯在我面前轻轻扬了扬。我回过神来，当下抓起桌上的酒瓶，将酒杯灌满，也来了个一饮而尽。这次，我和她几乎是面对面的相互注视了。她的双颊泛起红晕，仿佛两朵好看的彩霞；而她的双眼却湿湿的，我知道，这是噙着的泪水。此刻，我似乎还听到了她的心跳，闻到了她身上那股曾经熟悉的气息。我们对视了足足五六秒钟后，她突然转过身，朝向自己的桌前走去。步子依然是那样的轻盈，身影依然是那么地娉婷，一如二十来年之前。

当晚回到房间，打开手机，收到了来自她的这样一条短信：二十年了，你还好吗？如果可以，明天散场后，我们老地方见。我的心隐隐作痛，直觉告诉我，这些年，她过得并不好。

第二天下午，我们便于城西的太湖之滨相会。隔着宽阔的马路，我便望见她已经静静地独自坐在一条长椅上，面向浩渺的太湖水面，背对着喧嚣的城市。在我走近她还有两三米距离的时候，她似乎早有感应似的，回过头，对我嫣然一笑，然后示意我在她身旁坐下。湖滨还是二十年前的湖滨，只是当年杂草丛生的碎石滩涂，业已变成了如今优美整洁的湖光山色风景带。这恰如长椅上的我们俩，人未变，却时过境迁，情怀已改，彼此平添了几分陌生。但昔日的情分终究让我们很快恢复了熟稔与亲热，我们相拥而坐，牵手漫步，彼此倾诉着别后二十来年的生活境况。她告诉我，她的父亲在拆散了我们之后，便将她许配给了自己的下属。后来她丈夫转业至地方，先从政后经商，虽说生意兴隆生活富足，可其不知检点乃至放荡的生活，让她这个有感情洁癖的妻子实在忍无可忍。在经历了数年无休止的冷战与挣扎之后，终于让她在两年之前选择了离开。

转眼已是黄昏，一轮夕阳恰似我们曾经火热的青春时光，终于坠入了莽苍的太湖水面，溅起万道霞光，洒满了西面的天空。我的心绪，便如同眼前暮色苍茫中的湖水一般，黝黯、迷茫而又寥廓虚无。那天晚上，沐浴着夏日湖风与城市的霓虹灯光，伴随着身边汩汩絮语的水声喧响，我们了无休止的漫步、交谈、温存，感觉仿佛回到了二十多年以前。

别后，我们自然重新回归了各自的生活，但依然保持着密切的联系。电话里、短信中、QQ 上，她给我诉说着的是对婚姻的失望、内心的孤寂、教育孩子的困惑，以及生活与工作中的种种烦恼。有时，夜深人静的时候，她也会给我发来信息，甚至打来电话，向我倾诉她即时的种种心绪。而我，自然也与她无话不谈。我知道，我们之间已成为相互的精神依托！而与此同时，每当面对善良的妻子与可爱的女儿，我的心头总会丝丝缕缕地漾起薄雾样的层层愧疚之意，总感觉自己的所作所为是一种精神的出轨，是对妻儿与家庭的背叛。我知道，作为曾经的恋人，在她人生最困难的时候，我的确给了她以精神的慰藉，给了她以温情的关怀；可我终究给不了她终身的依靠，而她恰恰需要的是这样的呵护。如果我给不了她一生的幸福，那么其结果就必定是另一种意义上的伤害！再者，我的所作所为，又何尝不是一种对妻子的不公乃至伤害呢？但我没有勇气将自己的这种想法告诉她，哪怕是一丁点的透露。因为她需要我的这份温情，至少是目前。

我们的交往就这样持续了将近一年时光。第二年暮春的一个周末的黄昏，我们全家围坐于桌前晚餐，突然，我的手机上亮出了她的一条问候信息。妻子用眼角的余光斜睨了一眼，幽幽地说：自从同学会后，那个人就一直联系你。你也对我们娘俩也心不在焉了。说完，便偏过头去，默默地流泪。对于情感，女人是最为敏感的，其直觉也是最为精准的。一时间，我羞愧难当，简直无地自容。一番思想斗争过后，我终于鼓足勇气，将这一年来与她的交往情形和盘托出，并诚恳地请求妻子的原谅。又经过了近一个月纠结与挣扎，我终于痛下决心，选择了一个周末，带着妻子，前往她所在的城市专程拜访了她。我知道，我的这种决定对于她也许是自私而残酷的，但我相信最终会得到她的谅解与理解。既然无力承受，那就该选择放下。毕竟，爱情之溪是需要理智闸门的掌控，需要责任与道德堤岸的约束和规范的。

随缘吧，过去的终究已经过去了！也许自己所能做的，就是把她，把那段美好的感情永远地潜藏于心底。

爱情需要随缘。其实，友情又何尝不是呢？

我与他是刚参加工作时结识的。那年参加全市青年教师上课大赛，郊区的我与市区他都获得了大赛一等奖。后来我们又分别作为本区的青年教师代表和其他获奖者一起被送往某师范大学参加中学语文教学研究班培训。朝夕相处的交往中，终于发现原来我们都是文学创作爱好者。这份共同的爱好与志趣让我们一下子拉近了距离，颇有相见恨晚之感。于是，我们常常在一起交流读书心得，分享创作喜悦，发表文学见解。待到短短的四十多天培训结束，我们已经视彼此为知交了。

此后的日子里，随着交往的增多，我们的友情也呈几何级数增加。每到逢年过节，我们都会带着妻儿相互走动，各自有什么生活上与工作中的难事烦事，也总能彼此分担，一起解决。作为中学语文教师，其实我们都对当时的教学现状颇不满意，并雄心勃勃地试图以自己的努力做些探索并收获成效。有一次，他跟我交流了意欲编纂一套初中语文作文教材的想法。当下我们的语文作文教材都是碎片化的所谓“指导”，其实等于没有！他对我说。他的想法与我不谋而合。于是，我们民间组织了一帮志同道合的同龄同行人，着手将教材中鸡零狗碎的作文教学指导材料进行梳理、整合，试图将其系统化；并成功地编纂出了第一册。与此同时，我们在课堂上进行大胆尝试，并积极参与各级各类的公开课、展示课、大赛课活动，屡屡获奖，一时间风生水起。但此时此刻，各种非议、指责乃至讽刺挖苦也接踵而至，并有形无形地成为种种束缚桎梏着我们的手脚。为了持续健康地推进我们的作文教学探索实践，我俩便又决定利用周末时间开设校外作文培训班。从场地租赁、教材编排到师资招募、学生录取，一切都有条不紊地顺利进行。于是，在那个春暖花开的季节，见证着我们心血与友谊的校外作文培训班便正式开张了！

每个周末，都是我们这些志同道合者最为忙碌的时候。我们白天上课，晚上教研。交流教学心得，谈论教材不足，探讨学生个性，还相互听课，取长补短。我们拓展教学内容，延伸课堂空间。给学生推介文学名著，组织阅读讲座，举办写作大赛。带着孩子郊外踏青，参观城市博物馆，寻觅历史街坊，举办篝火晚会。培训班规模也日渐扩大，不到一年时间，由最初的三个班而壮大成十多个班级。

但渐渐地，我隐隐约约地感觉到，作为我们这个团队的核心与灵魂的他，其理念正悄然发生着变化。每次教研，他所谈论的不再是“文学”与“写作”，而是“市场”与“营销”。研讨重点自然也变为招生的策略，班级的设置及收费的标准。教材也不求科学化精细化了，而是如何使之程式化和具可操作性。再到后来，为了减少用工成本，甚至连师资都不再去校园遴选那些热爱文学且具写作特长的老师了，而是聘任一些刚毕业又找不到工作的大学生。这情形，让我感觉仿佛是一件自己原本所钟爱的宝贝骤然间变了质、发了霉般，失望、懊恼而又无奈。

那年暑假，我们去太湖源头的深山里度假。晚上，一场新雨过后，朗月的银辉从漠漠长天倾泻而下；山色一碧如洗，山林中不知名的夏虫有一声没一声的鸣叫着。一切都是那样地清爽而富有诗意。我和他乘着小酒后的兴致，漫步在蜿蜒的山道上。我们谈国际形势，谈国内经济，谈教育，谈文学——最后，话题自然回到我们共同的心血与结晶——校外作文培训班上来了。他说他决定以商业的模式运作我们的作文培训机构，并准备在我们所在的城市之外开设连锁分支网点；同时依据师资水平与孩子学习程度，梯度设置初级班、中级班与高级班，以吸引更多生源，提高收费标准。末了，他十分真诚地邀请我继续一起将这份“事业”做大做强。虽说作为朋友，他很坦诚；但在我，这可完全背离了初衷。虽说人各有志，他的想法与追求无可厚非；但毕竟道不同不相为谋。也许是碍于情面吧，我当时未置可否，只是报之以淡淡的微笑。那天我们谈了很久很久，返程的时候已近半夜。抬头看看前路，有一团团夜雾弥漫在我们面前。

后来，我们的关系渐渐地疏淡了下来。他终于辞去了单位公职，正式下海从了商，只是一如既往地以文学的名义。再后来，我托词精力不济，也正式决定退出了这家让我倾注了炽热感情与大量心血的作文培训机构，退出了这个我曾经视之为理想并为之汲汲追求的地方！而我和他的友情，也因此而渐渐寡淡直至消弭。

也许，和爱情一样，友情的来去都是有其因由，有其定数的吧？缘来而情至，缘尽而情散。我们既然无法强求，便唯有顺从。

人生聚散，随缘为好。

茶事

身在南国茶乡，每年一开春，所期盼的便是新茶上市了。

说起来，在这江南水乡的苏州，一代代的居民之所以能有福消受这上品的春茶，全拜城西南郊外的那一片逶迤连绵的群山所赐。花山、灵岩山、天平山，七子山、穹隆山、洞庭东西山，这些大大小小的山峰全都矗立于太湖边，给这柔软的水乡平添了几分风骨。有烟波浩渺的三万六千顷太湖水面，以及吴中大地纵横交错星罗棋布的河流汊港氤氲滋养着，这些山们便常年郁郁葱葱，并以四季不绝的山肴野蔌与时鲜佳果馈赠予人们。这碧螺春茶，则是一年四季中它们最早奉献给人们的山珍。

其实，我年轻时并不喝茶，现在却成了地道的老茶客，且尤其钟爱碧螺春茶。这与一位洞庭东山的老友有关。20 世纪 90 年代初，在中学教书的我业余时间致力于写作，并在地方报刊上时常发表作品。有一年春天，本地的一家日报副刊组织了一次作者联谊会，我自然也在参加之列。那天上午，我们这些本来只在副刊版面上熟识的二十来个人，在副刊部编辑们的招呼下，围坐于一张狭长的会议桌前，共话文学梦想，畅谈创作心得。其间，坐在我对面的一位老兄却只是双手捧着玻璃茶杯，旁观者似的一边小口地品着茶水，一边静静地坐着、听着，一副悠然淡定的意态。我看看他的脸，面容黝黑而沉静，似乎比我要年长些；又注视下他的茶杯，一团嫩黄色芽尖漾于淡绿清明的杯水中，随着他双手的轻轻晃动而翩翩起舞。察言观色之余，便思忖道：此兄台不是性情孤高的清流，便是少年老成的智者。值得一交！

中午聚餐，我特意与他同桌，且紧挨而坐。一番寒暄过后，借着推盏举杯的酒兴，我们聊文学，聊吴文化，聊各自的工作与生活。聊着聊着，聊没了各自的拘谨，聊出了彼此推心置腹的坦诚。后来，我们的话题便自然而然地切换到茶事上来了。这就是地产的碧螺春茶，他呷了口杯中的茶水，红着酒脸对我说，明前的！我素不喝茶，也不懂茶，只是感觉他杯中的茶芽全都一旗一枪，不见半点碎屑，且色泽嫩黄；茶水也清清爽爽地，呈淡绿色，煞是诱人。他大概看出了我的好奇与眼馋，便从包里掏出一小罐茶叶，打开，送到我鼻尖前。一股幽香瞬间流遍我的周身，我眯起双眼，十分陶醉地赞叹道："真香！""喝着会更香。"说着他便顺手拿过桌上的青花瓷杯，先倒上半杯白开水，再将一小撮弯曲如螺的细条茶叶撒入杯中，然后将杯子推到我面前："你尝尝！"此刻，杯中的一幕让我惊喜万分：那一条条细芽一沾水，仿佛瞬间被唤醒了的精灵似的，打着哈欠升着懒腰，纷纷鲜活起来；不一会儿工夫，便天女散花般向杯底飘漾而去，身子轻盈，通体鲜润饱满。而与此同时，一缕缕木樨花般幽幽的香气，又循着鼻孔口腔绵绵柔柔地渗入我的五脏六腑。我轻轻抿了一口，顿觉神清气爽，周身敞亮愉悦，一如窗外风和日丽、鸟语花香的春光。

临别的时候，他跟我说，现在正是洞庭东山味道最浓的时节；并盛情邀请我一定去走走看看。其实，这大半天的交往，已让我深切感受到他是个外冷内热的人，我在心中早已经认其为友了。于是便欣然答应了。

一周后的周末，我如约前往。虽然我们同在一个地区，可那时交通落后，我还是从早晨出发，倒了好几班农村公交车之后，才于傍晚时分赶到了洞庭东山。随着一路颠簸的公交车喘着粗气咣当一声在站台停靠，我便像一条因缺氧而蔫不拉几的鱼儿，随汹涌的人流而被倒出车厢。站在站台前，看着人群慢慢散去，暮色渐渐浓重，正茫然间，朋友却已迎到跟前。简单问候过后，他便拎过我手中的行李，引着我向他家里走去。苍茫暮色中，穿过一条大街，折进一弄小巷。一路上灯光黝黯而朦胧，脚底下的石板路高高低低地。两边全是错错落落的老房子，从花窗内漏出几点闪烁的灯火。隐约之间，还传来了一两声浑厚的暮鼓声。心想，或许是附近有什么寺庙吧？偶尔擦肩而过几个背着竹篓的行人，飘过一阵清香。朋友说，那是从山上采茶而归的山民。曲曲折折地也不知道拐了几个弯，我终于抵达了朋友家。

才坐定，朋友妻子便递上一杯热茶。累了吧？先解解乏。朋友满脸堆笑地说。我喝上一口，依然是那股木樨花幽幽的香味弥漫于口齿间。还没等我一开茶喝完，面前的八仙桌上已经摆上了满满的一桌饭菜。席间，朋友谈笑风生，又是敬酒，又是夹菜，甚是殷勤周到，与我一周前在报社副刊部初识时的感觉简直判若两人。也许这人与茶一样，不能光凭感觉。人需交往，才能知其性情；茶要品尝，方能解其真味。

晚饭后，看看窗外月色朗润，朋友便邀我去镇子后面的山上走走。不知方向，莫辨东西，穿过几条弯弯绕绕的巷子，我们便出了村巷人家，来到山前。天上是一轮洁白明净的硕大满月。远离了人间灯火，那如水的月光便了无遮挡地倾泻而下，给漫山遍野浓密蓊郁的树林披上一层乳白色的轻纱。除了山林里偶尔冒出一两响呢喃的鸟语声，四下里一派寂静。我跟着朋友沿着山脚下的小路，一边悠悠地走着，一边不时地弯下腰细细观察，想要寻觅一片或者哪怕只有几棵茶树的踪迹，最终却是失望。“怎么不见茶树的影子呢？”我不解地问。朋友却只是冲我淡淡一笑，答非所问地说：“走，我们去山上看看。”

于是，我们便拐进了一条被浓密树林所覆盖的上山小道。黝黯的夜色中，我们高一脚低一脚地凭感觉顺着这条蜿蜒的山道迤逦而上。月光从头顶的树丛间筛下，斑斑驳驳地散落于脚下的青砖鲫鱼背路面，似乎还亮莹莹地跳跃着。突然间，朋友在一拐弯处停住脚步，一手抚着路边的一头石羊，一手指着下面的几棵灌木状树丛对我说：喏，这就是茶树！我猫下腰细视，只见三四丛高不过没膝的木槿样的矮树参差地直立着，一副蓬勃向上的意态。再向树林里一望，它们的同伴全都四散于林子深处。继续向上爬去，山势明显陡峭了。又转过两道弯，前面隐约有几星灯火闪烁。朋友说，那里藏有一处寺院。仿佛受了什么指引似的，我们便加快脚步，一口气爬了上去。

这是一座坐落于半山腰的寺院，坐西朝东。也许是空间所限，气势并不宏伟，黄墙碧瓦，前殿后院，左厢房右园子，显得十分低调拙朴，像极了这里的山民。站在寺院前的小广场前，“雨花禅院”几个镏金砖刻大字在朗月映照下赫然入目，下面是两扇紧闭着的广漆大门。噗噗噗，朋友轻轻叩响青铜狮头门环。片刻之后，大门吱呀一声裂出一道缝隙，随即透出一个中年僧人的脑袋，见到朋友，漾出笑脸：“哟，陈所长！何以春夜光临鄙寺呀？”那僧人显然跟朋友很熟，连出家人的客套话都免去了。等看到后面跟着的我，方才双手合十，招呼道：“这位施主好！”朋友也满脸堆笑地作揖还礼：“清远师傅别来无恙啊！”并将我介绍给了对方。一番寒暄过后，那清远师傅便引领我们入内。

才进门，一股浓郁的新茶香扑面而来，循香查找，却什么也没有。穿过一方院落，隔着尽头右边的一条陪弄，才隐约看见敞开的两间僧厨，里面灯火通明，有几个年轻僧人正在一架大铁镬子前翻炒着茶叶，他们的面目模糊在灯下腾腾的烟气里。我们沿着廊子七折八弯地约莫走了三五分钟路，终于在一间厢房内坐定。厢房洁净如洗，金黄色的窗帘、门帘在暖红的灯火里静静垂挂；荸荠色的桌椅茶几，也整整齐齐地静默在春夜里。清远取出两个紫砂茶杯，又从桌上的锡罐里舀出两勺蜷曲如螺的新茶，洗过、泡上，端到我们跟前：“两位尝尝本寺自产的新茶，下午才出镬的。”朋友接过茶杯，看了看，又凑到鼻尖前闻闻，呷上一口，啧啧称赞道：“嗯，汤水清爽，色泽纯正，清香醇厚，好茶好茶！”于是他们两人就很专业地聊起了关于当年新茶产量、品相、采摘、炒制以及销量等的话题。我则在旁边一边静静地听着，一边打量起屋内的四壁的陈设。正对厢房门的南墙上悬挂有一幅洞庭山水画，看落款系本地一位颇为著名的画家所作。两边是清远自撰的对联："神清气爽红尘外，山高水远仙界中。"横批为："茶亦有道。"原来这是一位颇有涵养的地道茶僧呀！我不禁暗自惊叹道。

"走，去看看小寺的茶园吧。"喝过两开茶，清远便起身离开厢房，领着我们绕过一排僧舍，踩着后院满地的月光，从边门出了禅院，来到东北面的一片山坡之上。这是一大片位于半山腰的平缓坡地，树木丛生，百草丰茂。此刻，月亮正值中天。山下已是灯火阑珊，唯有散落的几点零星的光点朦胧地闪烁着，似夜的眼睛。月光便更加明亮了。举目所及，枇杷树、杨梅树、橘子树、白果树之类的果树们全多仪态万方地沐浴在脉脉清辉之中，它们的身边是一畦畦青葱的茶树，而茶树们的脚下，弥漫一地的则是开着各色或大朵或细碎野花的草儿们。说是茶园，其实更像一片果园，或者说是原生态的山林，与我平时所见的茶园大相径庭。"怎么不是成片成片的茶林呢？"纳闷之余，我脱口而出地问。"这正是洞庭碧螺春茶的独特之处，只是本寺做得更为地道罢了。"清远不无自豪地说。于是，他一边领着我们在茶园里悠悠走着，一边给我详解起这碧螺春茶的独特奥秘。

他说这儿本是一片荒山，十多年前，刚从佛学院毕业的他没有选择去其他什么名寺古刹，而是决定回到家乡洞庭东山，立志要将这座始建于宋代如今却成为一片废墟的雨花禅院重新修复。他一方面打报告跑政府请求拨款，一方面穿梭于附近四邻八乡化缘寻求募捐。与此同时，作为一位现代僧人，他清醒地意识到，要想让这座修复后的禅院从此香火绵延不绝，就必须置办属于自己的庙产。他看中了毗邻禅院的这片山头荒地。于是，他用整整两年时间奔走于县乡两级政府部门。也就是在这个时候，他结识了我的朋友、土生土长的身为洞庭东山风景管理所的陈所长。他说，这块山头荒地最终能顺利被划拨给禅院，全仰仗陈所长的奔走呼号与竭力运作。从此，他们这两位一僧一俗的同龄人便成为莫逆之交。

而经营这块荒地并使之最终成为眼前的这片茶园，更是倾注了清远大量的心血。出生于后山尚锦村世代茶农家庭的他，打小便对地产碧螺春茶的种植栽培之道熟稔于心。至今他还清晰地记得，十岁那年，年轻时曾经是雨花禅院小沙弥的祖父，领着他翻过莫厘峰顶，从后山来到了前山寻觅野生茶种。歇息的时候，祖父坐在雨花禅院的废墟的一方石头鼓磴上，对他无限感慨地说："这里本是香火旺盛的庙宇，这个山头是庙里的果园与茶园。那时候，我们庙里的碧螺春哪，可是苏州本地乃至江浙沪市面上赫赫有名的精品呢！"也就是从那时开始，他幼小的心灵便埋下了长大后立志要修庙种茶的种子。后来他上佛学院，毕业后又回到故土修复禅院、经营茶园，自然也就成为顺理成章之事了。

沿着一畦畦茶垄走到中间，清远随手掐一枚茶瓣闻了闻，然后又递给我们，侧过脸问道："有没有花香味？"我嗅了嗅，果然有一股说不清是什么味的花香直沁心脾。这就是碧螺春茶的奥秘所在，还没等我回过神来，清远又解释道："我们的碧螺春茶除了与别的绿茶一样集天地之灵气撷日月之精华以外，还别具花香果味风韵。茶叶是一种易吸异味的植物，将它种植于花果树木之中，辅之以草本野花的熏染，其香气自然就不同凡响了。"此刻，我才恍然大悟，原来这茶树的栽培还有这般深奥的学问哪！

下山的时候已是深夜。于山门口别过清远，我们便循着来路迤逦下山返回。头顶的月亮开始偏西了，夜露抛在身边的茶树叶上，给月光一照，泛出珍珠样晶莹的白光。看着身边的朋友，想到山上的清远。在这滚滚红尘之中，清远与朋友的那份对禅佛的情怀，那股对事业坚毅执着的精神，那种对故土深厚的情感，不正如这碧螺春茶一样，值得人细细品味吗？那么这茶事也就是世事，品茶亦即是品人了吧？

梦想的种子

“老师，受您的影响，我正式成为一名语文老师了。”又一位当年的学生微信我道，“您当年给我播撒下的梦想的种子终于开花结果了！”附加一个得意的表情。

收到这样的信息，我甚感欣慰。一晃，我从事语文教学工作已经三十多年了，所教学生，如同一畦畦韭菜，收割了一茬又一茬，难计其数。现如今，绝大部分学生即便站到面前，也很难相认了，唯有那些个喜爱语文的，还有着断断续续的联系。这一位，便是我十年前的学生。

其实，我当年也是受了自己语文老师的影响，才上师范读中文，最终成为一名语文老师的。

20 世纪 70 年代末，我从村小毕业，到邻村一个较大的集市所在地上初中。那地方名叫薛典，学校就办在一座被废弃的乡村尼姑庵里。那时是两年学制，全校初一初二各两个班，一共才四个班，收录的是附近四个行政村（当时叫生产大队）的通过升学考的小学毕业生，清一色的农家子弟。语文、数学、英语老师各两名，物理与化学老师各一名，外加一名老师包揽体育、美术、劳技等其他所有科目，一名校工负责后勤总务。没有校长室、教导处之类的职能管理部门，一共十名教职员工，就支撑起了一所简易的乡村初中。

校门朝东敞开，大门外的那片碎石斑驳杂草丛生的庵场成了我们的操场。走进大门，坐北朝南一长溜原先的柴房改建成了我们的教室；虽是青砖墙体，却漏洞百出，硕大处，便用稻柴把子给塞住。教室门前的那片菜地，如今改造成了小花园兼我们的课间活动场地。零星的花坛里，有种花木的，有种青菜萝卜的，也有长满杂草的，反正想种什么就什么，愿长什么是什么，一副自由自在的原生态景象。向里走去，进入一个圆洞门，紧挨着西边烽火墙的地方，有一幢三开间二层小楼，楼下靠西相通的两间是老师们的办公室；东隔壁一间被杉木板一隔为二，里半间是我的班主任兼语文老师兼学校校长秦老师的宿舍，外半间被辟为学校图书室。楼上则是其他老师的寝室了。说是寝室，其实老师们只有到刮风下雨或是天寒地冻的大雪天才会偶尔住上几晚；因为除了秦老师，他们都是散落在附近四邻八乡的民办老师，教书之外，家里都有一大堆事情等着他们呢！小楼前面有个硕大的天井，青石铺地，修竹萧萧。中央是一口石栏水井，清凌凌的井水泛着天光云影，上面覆盖着一顶浓密的葡萄藤架。

那时的语文教材极少真正的文学作品，课外读物除了《海岛女民兵》之类的，再无可读之物。但秦老师却依然能把语文课上得有声有色。课堂上，他会当场抄录一首古诗词，给我们讲解，然后让我们当堂背诵；也会冷不丁地给我们朗读几段陀思妥耶夫斯基的文字，那用优美文字编织成的俄罗斯广袤大地上田畴、河流、村庄美景，时常让我们情不自禁地联想到自己所处的江南大地的农村风貌，引发了我们这些乡野蒙童对山川大地风物最初的审美联想。有时候，秦老师会把课堂移至教室外面的小花园，让我们尽情地观察欣赏这些蓊郁蓬勃的花草树木，那些满地行走的蚂蚁、金龟子，那些藏匿在草丛或树叶间嘶鸣的蟋蟀、知了。他还启发我们说："蚁群好迂回，金龟子常跳跃；蟋蟀的鸣奏是多情女子的咏叹调，知了的叫唤则是性急小伙的烦躁音。"有一次放学后，秦老师在他宿舍的廊檐下生煤炉，他一边用蒲扇扇着炉子，一边对着一团刚从炉膛冒出的浓烟对我们说，这就是浓烟滚滚；一会儿，他又望着飘散到天井上空的缕缕细烟道，这叫青烟袅袅。

也许因为喜欢秦老师的缘故吧，我那时特别喜爱上语文课，学得也很有成就感。而我的作文，时常会被秦老师作为范文在全班表扬并朗读，有时候还会被全文誊抄在黑板报上，给全班同学“示范”好几周。每天放学后，我通常都会在秦老师那儿的图书室泡上好久，《水浒传》《西游记》这两部名著我就是在那时候断断续续地读完的。有一阵，我不知从哪儿弄来了一本缺书皮、少页张，甚至连纸张全都泛黄的《苦菜花》，不分课上课下地读得津津有味。后来不知是哪位同学告了密，竟被秦老师作为禁书给没收了；直到我初中毕业上了高中，他才还给了我。

也就是从那时开始，一个梦想在我幼小的心灵中萌发了：长大后，我也要当一名像秦老师那样的语文老师！而且这株梦想的幼苗一经萌发，便伴随着我的初中高中生活蓬勃生长，直至后来上大学读中文，并顺利入职成为一名真正的中学语文老师至今，这棵梦想之树从未发生过任何动摇与改变。而这颗梦想的种子，就是当年秦老师给我种下的。

这三十多年来，我一直以一名语文老师的身份耕耘于三尺讲台；即便是有一段时间因从事学校管理工作，领导想让我弃教语文，我都没有答应。因为只有在上语文课的时候，我才能找到一种职业的归属感与神圣感。站在讲台前，我能挥斥方遒，指点江山，侃侃而谈；我能引领着学生思接千载，神游万里；我能与学生一起时而开怀大笑，时而凝眉沉思。课后，也爱跟学生玩在一起，有时一起交流对文学作品中某个人物的好恶，有时则是共同对某位当红歌星或影视明星评头品足。每逢春游与秋游，那更是放归自然，纵情山水，与孩子们厮混得不亦乐乎！

如此的点点滴滴，让我在一届又一届学生中，有意无意间播撒下了一颗颗种子，让他们从此喜欢语文，钟爱文学。如今，他们中有好些人都成了中小学语文老师，还有的成为网络作家或写手。即便是有些从事其他职业的，每逢相聚，关于语文与文学的回忆，永远是我们最为温馨的话题。记得在某届学生二十五周年的同学聚会上，一位学生很自得地对我说："老师，你的鼓励，让我当年的每学期作文本只够写两到三篇作文，从此一发而不可收，文章越写越长，如今都在写长篇小说了！"另一位学生也颇为动情地回忆说："老师，你当年的一句话让我铭记至今：文学看似无用，实有大用。一个能用文字将自己的思想与心绪记录下来的人，是幸福的。"

于是，我便觉得，此生能做一位纯粹的语文老师，幸甚！能将语文与文学梦想的种子播种进一代又一代学生的心田，美极！

作客

因为职业缘故，我时常被学生家长邀请去作客。并且时至今日，我的许多好朋友中，有相当一部分是之前的学生家长。

一开始，碍于情面，更因为我喜欢交往的个性，我是有邀必应的。后来，在经历了一些事情之后，我便给自己立了个规矩：只接受业已毕业的学生家长的盛情，对于现任与即将成为学生家长的邀请，一概婉拒。当然，这与所谓的师德规范之类的并无半点关系。

那年秋天，一位久未谋面的朋友来电话，说是他好不容易刚从外地回来，难得能在老家多待几天，惦记我了，想请我全家于这个周末去他老家余山玩一趟。盛情难却，加之我又喜欢游山玩水，便满口答应了。朋友本是我十多年前的一位学生家长，常年在广东那边经商。他儿子当年在我班上读了三年书，是个调皮捣蛋的主，但头脑机灵，所以虽然成绩起起伏伏地，最终还是功德圆满地考上了一所重点高中。因为他儿子的不省心和他对儿子学习上有较高的期许，我与他自然而然接触交流频繁，来来往往之间，便成了不错的朋友。

余山是悬浮于苍茫太湖之中的一座孤岛，靠近洞庭东山，是隶属于东山的一个行政村。按照事先约定，我先自行驱车抵达位于东山东北端的黛松码头，然后由朋友带领坐船前往岛上。那个周末的午后，我如约而至。当我下车的时候，早已守候的那儿的朋友便热情地迎上前来。一番寒暄过后，他便引着我前往泊于码头的机帆小木船上。也许是因为这码头是岛上居民与外界联系的唯一通道的缘故吧，码头上很是热闹。卖山货的山民、卖湖鲜的渔民、南来北往的商贩，还有这个季节里像我这样从局促的城中涌来放风的游客，全都汇聚于此。尽管湖面上艳阳高照，风平浪静，但当我一脚跨上小木船的时候，那船还是拼命地摇晃起来，不免让我这个不习水性的旱鸭子心生害怕。好不容易战战兢兢地在露天船舱坐定，湖上涌来一个浪头，小木船又剧烈颠簸起来。我正惊恐着呢，朋友却笑嘻嘻地一脚踏上船来，顺手把刚从渔民船舱里捞起来的几条活蹦乱跳的白鱼、鳜鱼、鲫鱼，还有一网兜白虾，扔进了船舱。“开船！”他话音刚落，船家就驾着小木船，劈波斩浪，突突突地在湖面上拉出一条长长的白练，向着余山进发了。

约莫一刻钟光景，我们便在余山正南面的一个伸出湖面五六十米的石码头边靠了岸。这是一座南北长、东西窄的不足五平方公里的小岛。岛上由南而东，沿着湖边自然形成一个弧形的村落，全都是粉墙黛瓦的明清样式的民居。我们松松爽爽地循着石板一段、青砖一段的蜿蜒小径上上下下，好一会儿，终于拐进了朋友家宽敞的院落里。

才进大门，朋友的妻子、儿子（我当年的学生）便满脸堆笑地迎了出来，十分热情地把我请进了客厅，又是泡茶又是端水果，让我颇有一种宾至如归的温暖感。喝过他家自产的地道的碧螺春茶后，从他家里屋走出了一对四十岁左右的夫妻，还有紧随他们身后的一个活泼可爱的小男孩。朋友介绍说，这是他的侄子侄媳与他们的儿子，与我同城，先于我一个时辰才到的，也是利用周末时间来散心的。他们与我打过招呼，便像主人似的给我添茶加水，给我削水果，热情得让我有点不好意思。

稍事休息，朋友留下妻儿、侄媳在家打理晚饭，他和侄子与侄孙则带着我一头钻进了屋子后面的山林里。秋日的山林色彩斑斓，树果累累，一派丰收景象。我们穿行于山林中弯弯曲曲、若有若无的羊肠小道中，白果树高大挺拔，满身金灿灿的；橘林成片成片地铺展在山坡上，橙黄硕大的果子在绿叶间掩映着；脚边的灌木杂草间，红的、紫的等各色细小的浆果，也十分招摇地逗引着我们。漫山遍野草木的气息，夹杂着各种成熟的果子的香味，一阵阵扑面吹来，煞是醉人。那个一直跳跃于我们前后左右的孩子，此刻就像一只山雀，更是高兴得窜来窜去，并不时地发出一阵阵快乐的惊叫声。朋友半是认真半是玩笑地对我们说："没什么好招待的，就让你们这些城里人吹吹野风，感受下湖山的新鲜空气。"我们都相视而笑。

晚饭很丰盛，又绝对地绿色环保。鱼虾是才从湖里捕捉的，鸡鸭是家养现宰的，素菜也是在后面山坡自留地里刚摘的，甚至连米酒也是自家酿制的。红烧白煮清炖，煎炸油焖火煨地摆了一桌子。我们一边吃着，一边海阔天空漫无目的地聊着。席间，朋友一直忙不迭地劝酒劝菜，周到又殷勤。酒过三巡，朋友看看侄子侄媳，乘着酒兴涨红了脸突然对我说，他这侄孙暑假后就要小升初了，他父母听说我所在的学校教学质量好，在全市都是数一数二的，因此极想择校过来读书；最好还要进我所教的班级，这样三年初中的学习就有人监督关心了，就像当年他儿子那样。朋友话音刚落，他那侄子侄媳立马站起身来，不但自己频频举杯给我敬酒，还让年幼的孩子特地离席走到我身边，也端起杯子敬我。接着就是还说了一大堆预先感谢的话。一时间，迷迷糊糊的我颇有点措手不及；但碍于情面，二话没说，便爽快地答应了。

事后想想，自己都觉得有点可笑，此番作客，颇有点而赴鸿门宴的感觉，实在有悖于我多年来所坚持的原则。但朋友的邀请无疑是十分真诚的；再说，即便他没邀我去作客，一个电话就直白地将此事托付于我，于情于理我都得帮这个忙呀！更何况那孩子一看就是副聪明伶俐的样子，着实讨人喜欢，学习应该也不会差。

但是我还是更喜欢那种彼此了无所求的邀客与作客方式，轻松、纯粹，因而也更能真切地体验到人间的温情与美好。于是，便又怀念起自己刚参加工作那会儿的一次作客经历来了。

那是20世纪80年代初，我师范毕业后，被分配到了邻县的一所乡村中学所管辖的一个片中任教。那地方就在阳澄湖边上，不通公路，到附近的镇上也要步行近两个小时。校舍极其简陋，是在一座破败的乡野小庙的废墟上建立起来的，一排新砌的朝南的低矮瓦房中，靠东首的那间是教师办公室；其余的则被分隔成三间教室，初一初二初三年级各一个班。前面一片杂草丛生的泥地算是草场，其前身就是这座被废弃的乡野小庙的庵场。场地尽头是一条小河，直通正东面的阳澄湖。而草场西头的那一片墙体杂色斑驳的建筑，就是那座废弃的小庙之所在了，其间除了三四间完好无损的供作学校的食堂、宿舍与杂物间，其余的全都坍塌了。因为是庙产，附近村民心存敬畏，对那些断砖残瓦与梁柱，都不敢随便去触碰。

全校教师不足十人。除了我与上面镇上中心校派来临时负责人，其余都是散落在周围各村庄的清一色的民办教师。学生也全部来自附近各村，包括其中的一个渔业村。也许是师资匮乏之缘故吧，我第一年就被安排去教初三毕业班，还当班主任。班上学生都十五六岁光景，而我那年也才二十岁。现在回想起来，那根本不像老师教学生，而是一个大孩子带着一群同龄的小孩子在玩耍。那些学生很淳朴，除了上课，我跟他们相处就像是好朋友一样的亲密无间。即使是到了星期天，他们有些人也会在父母那儿借到各种借口，跑到我的宿舍来玩。有几个甚至还会将家里自产的诸如腌金花菜、毛豆干、山芋干、炒蚕豆之类的农家零食带过来给我分享。那年的一整个秋天里，有一位家住阳澄湖边的渔业村的学生，居然将新鲜的生红菱，还有家里父母烧好的盐水虾、鳜鱼，以及野鸭肉等湖鲜美食，隔三岔五地一饭盒一饭盒地送过来给我品尝。

那年的冬天特别冷。寒假的时候，就是一场接一场下大雪，将气温降到了摄氏零下五六度，这在南方地区是极其少见的。而春节过后的开学又似乎特别地早，还没到元宵节，我就已经到学校报到了。新学期学生报到的第一天，积雪尚未消融，气温依然在零度以下，天气也还是阴沉沉地。待到学生们缴完费，领走新书，我便急忙回到宿舍，围着隔天生好的煤炉在取暖。此刻，没想到那位渔业村的学生竟兴冲冲地跑了进来。只见他头上戴顶雷锋帽，脖子上挂着副棉手套，脸冻得通红通红地，一边呵着双手一边也凑到煤炉前。他说明天就是元宵节，又是星期天，反正你在学校也没劲，就到我们家去玩吧。我看他一脸真诚，就毫不客气地答应了。临别时，他走到门外，回头对我说，他明天亲自来接我。说着，右手向上一扬，把门前屋檐下那根长长的冰凌给敲走了。

第二天一早，我才起床不久，正准备吃早饭呢，他便来敲门了。一进门，他径直走到煤炉跟前，从身穿的那件半旧不新的军绿色棉大衣口袋里摸出两只山芋，用煤球钳子夹住，放到炉膛边烘烤。他边烤边对我说：你慢慢吃，等你吃好了，我山芋也烤好了，我们带着路上吃。

出门的时候，我问他到他家要步行多久。他回头笑笑说，你是老师，怎么能让你走路呢？说罢，就朝停在校门口的拖拉机指了指，示意我坐上去。他安排我坐定，便从驾驶座下的铁皮箱里掏出一柄发动机摇把，插进机头，奋力摇了两下，那拖拉机便突突突地响了起来。伴随着响声的，是旁边排气管里所冒出的刺鼻味的一柱浓烟。随即他跳上驾驶座，对我说了声“坐稳”，便驾驶着这具铁家伙，沿着一条煤渣铺就的乡间道，向他家方向进发了。我颇有点紧张，一声不响地坐在他身后。同时又很惊讶：他这么小的年纪，居然能把拖拉机驾驶得如此娴熟！他大概看出了我的心思，回头冲我笑笑，又顺手把焐在棉大衣口袋里的烘山芋递给我，说，趁热吃吧，香着呢！又说，这拖拉机是他家上镇上卖鱼虾等水产品的交通运输工具，星期天的时候，他跟父母一起去镇上，经常开。

我像吃了颗定心丸，终于可以放心托胆地坐着了。尽管浑身颠簸得东摇西晃，冰屑似的寒风硬硬地，直往裤管、袖管与领口里钻，但田野的风光却依然吸引着我。一条条白亮亮冰冻的河流纵横交错，将空旷的原野切割成一块一块的，村庄的房屋与树木全多冻成模糊一片的灰黑色。田地里，残雪消融处，露出了小麦与油菜的青绿色；厚积处，依然是白皑皑地一片。眼前不时有麻雀飞过，高岗地上的坟地里，乌鸦拉长了声音呱呱地叫着。

三刻钟光景，拖拉机在阳澄湖边的一个村庄的一片青砖场地上停下。他朝屋里喊道："爹爹姆妈，我们老师来了。"里面便同时走出一对中年夫妻，全都黝黑的脸庞。他们很热情地把迎进家里。安排我坐定，端出一盆南瓜子，又用印有朱红色某某部队字样的搪瓷杯子给我泡了杯姜末茶，说是让我暖暖身子。然后他们夫妻俩也在我对面坐了下来，向我打听关于他们儿子的读书情况，说如果他儿子表现不好，让我尽管打骂。他父亲还主动给我介绍了他自己，说是早年在部队当了三年兵，现在复员到老家任渔业村主任；还说因为自己当年连小学都没毕业，因而在部队表现再好也没用，失去了提干的机会，所以希望儿子初中毕业后能读个高中，学点文化长点本领。他们还向我打听我的情况，说我年纪轻轻地孤身在外不容易，有什么困难可以找他儿子帮忙。

一番攀谈之后，受父母之托，他又带着我去阳澄湖边转转。此刻，天空似乎解冻了，本来盖得严严实实的灰白色厚云裂开了一条条隙缝，阳光便从隙缝中漏射了下来，虽然淡淡的，却很温暖。苍茫的阳澄湖水面一眼望不到尽头，近岸的一圈全都冰冻着，其余的水面都泛着粼粼寒光。他说，湖面上可能还有被冻死的野鸭，我们去看看能否捡几只。可找了好一会，都没有。他只是指着湖面上那些窟窿说，一个窟窿就代表有一只野鸭被冻死，可惜全都给人捡走了。可是他不死心，继续找。后来，我们在离开村庄很远的地方，终于捡到了两只。我一看，瘦瘦小小的，个头跟鸽子相仿。他很高兴，说是我有口福，一路小跑着回了家。

午饭简直是渔家宴，各色我叫得出名字与叫不出名字的大大小小的鱼儿摆了一桌子。入席的时候，他父母硬是要我坐在八仙桌的朝南面，说是天地君亲师，今天是敬老师的，我最大。我就这样稀里糊涂地被推上了饭桌上这个最为尊贵的席位。他笑嘻嘻地，也想凑到我身边，被他父母责骂了一通，说学生只能坐下手，不能坏了规矩。席间我们说了些琐碎的话，都是有一搭没一搭地。只是至今还清晰地记得，他父母很亲切地问我，上学期让他儿子带来的东西是不是喜欢吃。我说很喜欢。他们就特别高兴，又说，那开春后等湖鲜上来了，继续给我带。还叫我以后每逢星期天常来他们家玩。说得我心里暖暖地。最后，他们又嘱咐儿子说，遇到有知识的好老师是他的幸运，至于能不能成才，主要看他自己了。

那年夏天，他和班上大多数同学一样，都如愿以偿地考上了镇上的高中。两年后，我就离开了那所学校。

后来，我在另外几所乡村中学辗转之后，便应聘进了城里的一所著名中学任教。十多年过后，听说他当上了当地的村党支部书记。我们之际便有了断断续续的交往。但每次他邀我去作客，无不都是因为他自己孩子或是亲戚朋友孩子要进城择校读书的事。当然，后来也有好几个像他一样的我当年的学生，都因为孩子读书的事情来请我作客，找我帮忙。我虽都帮他们一一解决了，但总感觉这样的交往更多地掺杂了交换与利用，再也找不到当年那种纯洁、温暖的感觉了！

是社会发展了，世道人心变了吗？我不知。但我依然渴望并寻找那份纯粹得不掺杂任何杂质的人间温情。

叫早

我家居住在环古城河风景带边上。

每天清晨，尤其是春天的清晨，我都会被窗外那一阵阵叽叽喳喳的鸟语给叫醒。推窗而观，晨曦微露，那些个知名与不知名的鸟儿们，竟然全在河边那片林子的枝头上蹿上跳下了。它们的脚下，是波光粼粼的护城河水，对面则是浓荫叠翠的东园了。而此刻，隔着护城河，那些栖息于东园密林深处的鸽子们，居然也应和起来了，它们拉长了声音，发出一波又一波咕咕咕的叫唤声。那声律像极了护城河的波光，一圈又一圈地在城市清晨的上空荡漾开来，扩散而去。

这些可爱的小精灵，一定是这座城市中最早醒来的一族，它们是在用自己的欢歌声迎接新的一天的到来呢！而在无意中，它们却成了我的叫早者。于是，我像受了它们鼓舞似的，伸腰揉面，正式起床，精神抖擞地投入到新的一天的学习与工作中去了。

可是小时候，给我叫早的却不是这些自由自在的鸟雀们，而是与我朝夕相处的家禽家畜们。

那时在乡下，家家户户的房屋几乎都是一个样式：并排而立的是三四间坐北朝南的低矮瓦房，作为一家人主要的生活起居之所；门前是一片青砖场地，场地之外种植有自家的树木竹林；房后呢，隔着道狭长的天井，搭起几间与前面瓦房等同宽的简易的庇间，用作饲养家禽家畜、堆放稻米农具，等等。每天早上，那些鸡呀、鸭呀、鹅呀的家禽们，便自觉地从庇间的笼子里走出，急不可耐地赶往场外的园子里、田野里与小河里去觅食撒欢。一到傍晚，它们又会心满意足、大摇大摆地跨进家门，穿过天井，回到各自的窝里。那架势，仿佛它们也是这家里的主人似的。

那时候，我和村上的孩子们也和这些家禽们一样，早出晚归地去上学。但大清早给我们叫早的，却是这些鸡鸭鹅们了。每天早上，天还没亮，睡梦中的我们就能听到屋后庇间的大公鸡喔喔地打鸣；紧接着，鹅鸭们也嘎嘎地叫唤起来；再后来，便是山羊的咩咩声与黑猪的呜呜声。一时间，这些家禽家畜们的鸣叫声此起彼伏，竟然合奏起了一晨鸣曲。就在这晨鸣曲中，我们这些孩子便纷纷起床，洗漱吃早饭，然后背起书包，步行一小时光景，赶到十来里路开外的镇上学校去上学。

当然，这情形常常发生在春秋两季。而一到冬天，给我叫早的可是天上的星辰了。

冬闲了，学校也放假了。为了贴补家用，父亲便重新操作起他的拿手绝活——竹篾生活。他常常是从当天下午开始直到半夜时分，与母亲一起蹲坐在堂屋里制作竹匾、竹筛、竹篮与笆斗这些当时人们的日常生活用品；然后第二天一大早，又带着我和哥哥到县城去售卖。因为从家到县城路途遥远，步行至少要两个来小时，父亲往往依据自己的生物钟节奏，一觉醒来之后，便起床走到自家天井里，仰起头望望天空。当他看见西北面的北斗星不见了，东南面的启明星已经升起来了的时候，就赶紧回屋，把还在睡梦中的我和哥哥叫醒、拖起。简单地吃过一些点心之后，他便带着我们冒着屋外刺骨的寒气，挑着沉甸甸的三担竹器，脚踩薄雪似的浓霜，头顶满天睡眼蒙眬似的星辰，向着县城进发了。

如今，随着生活环境的变化，城居的人们，或是因为工作，或是因为自身生活习惯的缘故，大都喜欢晚睡晚起。同时，为了保证睡眠时间，又不耽误第二天的工作与学习，他们常常用闹钟或手机铃声作为叫早的工具。

可我却依然喜欢日出而作日落而息式的生活方式，并习惯于让窗外的鸟鸣与晨光为我叫早。毕竟，我们与天地间所有其他生灵一样，同属于大自然的产物，还是顺应自然为好吧？再说，这些源自大自然的原汁原味的声响与光影，也更有益于我们的身心健康呀！

捡漏儿

去年春天，我于校园的林荫小道边，无意间捡到了一株十分幼小的芦荟幼苗。也不知是花匠师傅掉落的呢，还是哪位爱好养花的同事弄丢的。那株幼苗静静地躺在小道边的草丛里，像个娇小的婴儿。我弯腰细视，这小家伙呈三叶分杈状，嫩嫩绿绿的，长可盈寸，煞是可爱。平素酷爱莳养花草的我不禁新生欢喜，便带回栽种在青花小瓷盆里，放置于办公桌上，精心护养，成了日夕陪伴我的案头清供。

一年过去了。现如今，这小家伙居然已经成长粗粗壮壮的一棵了！自然，原先的那只小瓷盆已经不能满足它的生长需求了。于是，我便把它移栽进了一只更为精致宽大的瓷盆里；并把它带回家里的阳台上，与其他的花花草草们一起精心莳养着了。

一次无意间的捡漏儿，居然让这株芦荟成了我的心爱之物，这可是我始料未及的。也说不清是这株芦荟之幸，还是我之幸。总之，这一捡漏儿，让我与它产生了不浅的缘分。

其实，细想起来，类似于这样的捡漏儿，在我过往的人生经历中，还真不止一次呢！

三十多年前，我参加高考填报志愿，就捡了一次漏儿。那时正值改革开放初期，国家恢复高考后不久，各行各业百废待举，最为紧缺的自然是技术与应用型类人才，待遇高，前景好，考生们也就趋之若鹜了。而像师范这样的专业，也就成了冷门，极少有考生作为第一第二志愿去填报。而当年的我作为一名农家子弟，父母对我唯一要求便是书包翻身，从此能够脱离农村，正式吃上国家皇粮；至于报考什么专业，以后从事什么职业，压根儿就不在考虑之列。

记得当时高考成绩揭晓后，班主任老师把我叫进办公室。他对着我成绩单上的分数，低着头捉摸了良久；然后，抬起头来十分真诚地跟我说：你就报考师范吧，比较冷门，容易录取。而我呢，因为从初中到高中，深受自己那些老师们兢兢业业精神的影响，心里早就立志将来要当一名教书育人的老师了。于是，也很诚恳地对班主任老师点点头，答应了。可当我高高兴兴地告别老师，转身准备离开时，老师却又站起身来，拍了拍我的肩膀，笑眯眯地补充了一句：当然，这只是我个人的意见，具体你得回家跟父母商量后定。

就这样，我以几近踩线的分数，顺利考取了一所师范院校的中文系，毕业后顺理成章地成了一名中学语文老师。此次捡漏儿，决定的不仅是我一辈子的职业，更是使我与自己这份钟爱的事业结下了不解之缘，实乃人生之大幸也！

我自知智商情商都是个平平之人，加之胸无大志，又性情散淡，所以工作之后一直平平淡淡地在基层学校教着书，整天跟孩子们厮混在一起，且自得其乐。内心最大的追求与满足便是让学生喜欢自己所教的学科，并爱上语文与文学。

20世纪90年代中期开始，基础教育界进行了轰轰烈烈的教改，从教材到教法，由课堂至课后，都进行了所谓的探讨与变革。一时间，各种教育理念与教学模式应运而生，教改专家们也纷纷粉墨登场。更为要命的是，教育行政部门还正式规定所有教师必须撰写教改论文，并把它与专业技术职称挂钩。身处漩涡中的我自然不能免俗，为了职称，为了适应环境，也写了几篇连自己都觉得空泛的教改论文，并千方百计地托关系买版面予以发表。

但我却未被时尚所左右，依然一如既往地十分微观地关注着自己的课堂与学生的学情。渐渐地我发现，其实几乎每一届学生，从初一进校到初三毕业，都不知道怎么写作文；而百分之九十九的老师，也从不研究如何去教学生写作文。再翻遍几乎所有版本的教改教材，对写作这一块，也无任何系统而完整的指导。于是，我又开始捡漏儿了。我尝试着将三年初中的作文教学进行统筹设计，按体裁、内容、训练重点等进行分门别类的编排，并具体落实到每周一次的作文教学备课之中。我还尝试着开设作文教学公开课、研讨课，将教学的得失与反思写成漫谈式的教学随笔，在各级各类的教学刊物上发表。这份持之以恒的努力，居然也让我取得了不少的收获，受到了同行的认可与业界的赞誉。而更让我引以为豪的是，我的作文课居然成为了学生们每周一次最为期盼、最为享受的一堂课！

现在想来，所谓捡漏儿，便是去关注被众人所忽略与冷落的东西，去发现与挖掘其价值。而这种行为也许注定就是小众的与微不足道的，自然也是为追名逐利者所不屑的。但我却乐在其中。而且如果有机会，还将继续将这种“漏儿”捡下去。

更何况，这又何尝不是一种人生智慧呢？

小民顾老师

皇帝万万岁，小民天天醉。

这是古人的一种假装糊涂、明哲保身的处世意态。细究起来，他们既不是什么达官贵人与皇亲国戚，也不是什么文人墨客与富乡豪绅，而是真正的底层草民或小民。虽说历朝历代，吾皇圣明，常以愚民为其基本的御民国策，可小民们却不为所愚，反而愈发地聪明伶俐起来，尽情地享受着世俗生活的无穷乐趣。

这不，笔者身边，这号称“人间天堂”的姑苏城里，就有那么一位。此人尊姓顾，有个很典雅很诗意的大名，曰：子云。

顾氏在姑苏城里可是个大姓，历代聚居于城东的相门桥边，也称得上是昔日书香门第，旧时王谢人家，近现代就出过一位叫作顾颉刚的大学者。作为顾氏家族另一大荣耀的，恐怕要数至今仍矗立于车水马龙的干将路边的市级文物保护单位顾亭了，如此精致玲珑却不乏宏伟气魄的园林小筑，没有一点殷实的家底与文化底蕴，怎么可能?

对于自己到底是顾氏家族的哪支哪脉，我们的这位主人公老顾却并不十分在意：一则无家谱可查；二则想想自己的父辈祖辈，从来都是靠务工务商为生，这日子过得虽然并不贫穷但也绝对不算富裕，似乎并没有沾上这荣耀姓氏的光，所以也懒得去理会。再想想自己这一辈子，年轻时下过乡，扛过枪，回城后又稀里糊涂地被推荐上农师进学校当老师；沐浴过毛泽东思想的阳光雨露，经历过战天斗地的峥嵘岁月，也翱翔过商品经济的惊涛骇浪。现如今年近花甲行将退休，回首往事，苦也吃过，累也受过，神仙鬼怪都见过，却怎么总感觉活得恍恍惚惚的，好像这日子都是为别人过的。勉强说起来，唯有这教书育人的生涯还算滋润与舒坦。

从小学到中学，从代课到公办，老顾在教书育人的行当里跌打滚爬了几十年，语数外、政史地、理化生乃至音体美，几乎无所不教，而且教什么像什么。老顾时常以此为自豪。为何？用他自己的话说：我拼的不是渊博精深的学问，而是丰富深厚的阅历。要问甘苦，答曰：清苦而清闲。而且老顾更看重的是后者。这倒颇有点中国知识分子的风骨或者说习气。教书之余，闲来无事，养花种草，遛鸟下棋，喝几盅老酒，捧一壶热茶，逛逛园林，看看字画，岂不快活写意？

这天下班以后，老顾手中捧着盆刚觅来的烟叶兰，正喜滋滋地回家。走到弄堂口，冷不丁地飞出一辆奥迪车来，险些把他撞倒在地。幸亏老顾躲闪及时，对方刹车也快，才避免了一场大祸。正当老顾回过神来想要责骂时，对方却惊叫了起来："哟，顾老师！""你是——？"老顾一时醒不过神来。"我是马春水呀！七八届的。"老顾这才依稀记得当年自己班上是有那么一个猴精，调皮得拆天。经过一番介绍、回忆，老顾才将当年那个钻天打洞的捣蛋鬼与眼前这位衣冠楚楚的某知名大酒店的总经理画上了等号。"顾老师，到我们酒店去坐坐吧？"末了，总经理热情地邀请。老顾虚意推托了一会，便跨上了自己门生的后座，被一溜烟地带到了大酒店的一间豪华的小包厢内。

总经理今天放下了手头的一切工作，诚心诚意地陪同自己的恩师。试想，要是当年没有顾老师的一而再再而三的家访动员，自己能坚持读完中学吗？要是没有这高中文凭，自己工作后哪怕再吃苦耐劳，又怎么可能进入酒店管理层最终成为老总呢？饮水思源，真得好好感谢这位恩师。他特意钦点了一位年轻漂亮而又聪明能干的餐饮经理前来服务。

“顾老师，喝什么酒？”包厢吧台上的酒可谓琳琅满目：茅台、五粮液、泸州老窖，长城白葡萄、宁夏干红、XO，绍兴花雕、沙洲优黄、老闻门特黄……老顾沉思良久，说：“就来两瓶沙洲优黄吧，六年陈的。”“顾老师，您千万别客气。”总经理学生有点纳闷，放着这么多的高档酒不喝，干吗非要喝那再普通不过的沙洲优黄呢？“不，不客气，还是沙洲优黄吧，但一定要六年陈的！”接着，老顾头头是道地讲了一大通的道理，其语气之亲切自然，语调之抑扬顿挫，一如当年的讲课。他说，烧酒太烈，伤脾胃；葡萄酒太甜，喝着腻；至于洋酒，再贵都有一股怪味，刺鼻。唯有黄酒，性温暖胃，舒经活血，是难得的佳酿。再说，黄酒又是文人酒、文化酒，适合于细斟慢酌，用心品味。沙洲优黄是百年老酒，色泽澄明，口味醇厚，幽香醉人，而尤以六年陈者为上品。

总经理真是大开眼界了，他素不知道喝酒竟有那么多的学问！于是，急忙命人将两瓶六年陈的沙洲优黄搬到恩师面前，打开。正要往玻璃杯中倒，不料又被老顾一手按住：“春水呀，知道孔乙己吗？”“怎么不知道！就是鲁迅小说中那个连半个秀才也没有捞到的穷书生；不过这跟我们喝酒有什么关系呀？”“他是怎么喝酒的？”老顾又问。这情形，让这位总经理学生觉得仿佛是在当年的课堂上，搞得他越发的稀里糊涂。他只知道“孔乙己是站着喝酒而穿长衫的唯一的人”，这是当年顾老师上课时反复强调的。“他是叫小伙计温热了才喝的。”老顾提醒说。总经理这才恍然大悟，没想到自己的老师喝酒也用启发式，而且还是如此的循循善诱。他立即又命人去给恩师温酒。“这黄酒呀，温热了喝，暖胃。”老顾继续着他的喝酒经：“温热之后舀在磁沙碗里，那股香呀，就别提了。”总经理会意，一一照办。这一顿老酒直喝得老顾面红耳赤，走路摇摇晃晃，最后也不知道自己是怎么到家的，什么时候到家的。

第二天是周末。天刚蒙蒙亮，老顾已在卧室门前的天井里忙着侍弄他那几十盆花花草草了。松土、培肥、修枝、洒水，整整忙了一清早；然后，在清晨的微曦中，面对着自己精心培育的这一天井的蓬蓬勃勃的花草树木，老顾屏息敛气，老僧入定一般，练起了他那套早年在闽南山区当兵时学来的静功。这是老顾数十年来每天必做的功课；因为功夫虽不出名，但动作简单，再说效果蛮好。该套功夫的要领是均匀呼吸，心无杂念。平时，老顾说起练功的体会，经常这样总结：吸纳天地精华，调理五脏六腑，只要坚持操练，保你神清气爽，延年益寿。

“死老头子，昨晚老酒吃得神智糊涂，今早倒亦神气哉！”不知什么时候，老伴来到了天井。老顾正要收功，他将双手扬起，举过头顶，然后舒缓地下压、下压，在丹田收住。“碰到个学生，高兴，多喝了几盅。”老顾站起身来，端详着昨天刚觅的那盆烟叶兰。“高兴，你有哪一天不高兴？”老伴回敬了他一句。老顾一想，也对，有什么好不高兴的？犯得着不高兴吗？于是，他拎起挂在屋檐下的鸟笼，跨出家门，悠哉游哉地消失在晨雾氤氲的深巷里。

小弄堂里转来转去，石拱桥头爬上爬下，约莫一刻钟光景，老顾终于拐进了思贤巷。在稻香阁吃过头汤面，便打着饱嗝，跨过马路，钻进斜对面的一条小巷子，径奔大成坊而来。大成坊坐落于石皮街上，原名三晋会馆，是明清时期山西商人集会的地方。进了高耸的砖雕门楼，跨过一方狭长的天井，便是一座坐南朝北的古戏台，台下是一个偌大的场地，四个角上对称地站着四棵高可参天的古银杏，枝丫交错，几乎将整个场地都盖住。两边为高与台齐的层楼长廊，现在改为一长溜的茶馆；对门则是重檐歇山顶式正殿。老顾习惯性地将鸟笼往树杈上一挂，便一头猫进一家名曰“满庭芳”的茶馆。场地上早已语声喁喁，鸟啭呖呖，人们或舒拳弄腿，或嘘声逗鸟，一派怡然自得的气氛。老顾的那只画眉今天也与它的主人一样，格外地精神抖擞，叽叽咕咕有板有眼地婉转个不停，仿佛在跟谁比赛似的。顾老师，您那宝贝疙瘩越养越精神哉！服务员一边夸赞道，一边端上一壶茶来。老顾心里喜滋滋的。他照例打开壶盖闻一闻，在确信了是碧螺春之后，才放心地将其焐在掌心，慢悠悠地品味起来。

与喝酒一样，老顾喝茶也有讲究，他是非碧螺春不喝的。碧螺春茶产于本地洞庭东、西山，因山土厚实，又终年受太湖湿润气候影响，比其他产地的茶要苦涩味弱而醇厚感强；加上它又与其他花果树间杂栽种，别具一股诱人的花香果味。泡茶的器皿也必须是宜兴产的紫砂壶，不跑香。至于泡茶的水，最好是天井屋檐下积蓄的天落水，其次为太湖水，但深井水是万万不行的；水温以七八十度为宜，且应先冲水再放茶叶，以免泡烂了影响茶味。老顾之所以喜欢这家“满庭芳”，就是因为这些个品茶的要义在这儿样样讲究，步步到位。喝过两开茶，看看太阳也已升到门外的银杏树头顶，老茶友们自然而然地全都聚拢到一起，将各自珍藏的字画、山石等献宝似的一一展示、品评、估价，俨然是一个古董鉴定会。苏州是千年古城，地上地下文物古董随处可见，且多散落民间，没准随便哪户人家，都能拿出一两件什么朝代的砖头石块或是哪位名家的墨宝来。老顾家里原来也曾藏有一幅唐伯虎的仕女游园图，从画幅的收藏章得知已经辗转六七人之手；怪自己糊涂，二十多年前因儿子结婚高档家电奇缺，被一位精明的上海人以一台进口彩电骗了去。至今想起此事老顾仍耿耿于怀，引为终身遗憾。如今看着人家都在献宝，自己却两手空空，老顾眼睛热辣辣心里酸滋滋的。不过，这也是天意，老天注定我只有看的份，没那用的福。谁知道他们那些东西几十年过后又会转到什么人手里去了呢！老顾这样一想，也就释然起来了。

下午到某园林。苏州城里大大小小的园林不计其数，可老顾最爱去的就这一处，因为这里的亭台楼阁、假山池沼、花草树木样样齐全，且精心布局，真正体现了天人合一的境界。那里面的山石故事、回廊典故乃至草木传说，老顾都能如数家珍，一一道来，简直比专家还精通、比导游还专业。有时候坐在园林里，听那些刚从旅游学校毕业的小丫头小赤佬摇着面小旗给外地游客瞎吹，他简直暗自发笑，恨不得马上走过去纠正。不过老顾对此从不张扬，因为他深知，像他这点小花头儿，苏州城里有的是，没啥稀奇；再说他最近正准备写一本关于园林掌故的小书，在还没成书之前，还是多留个心眼好。

循花径钻山洞过曲桥，又贴着壁廊转了十七八个弯，老顾终于在留听阁坐定。顾老师，你来得正巧，马上要开始了。邻座的老者指指前台，给老顾打招呼。老顾笑一笑，点点头，算是回应；然后慢悠悠地从口袋里摸出一粒钙片，塞进嘴里；再将身子舒舒服服地往藤椅里一靠，正式开始享受这一档午后评弹。台上坐着一男一女，一杆弦子、一把琵琶；男的滑稽，女的香糯，说的正是一段发生在古城里头的轶事。老顾双眼微闭，半梦半醒之中细细品味着那段陌生而又亲切的历史，仿佛咀嚼着一枚青橄榄，悠长的韵味中带着些许苦涩。世事沧桑，数十载岁月弹指一瞬，多少是是非非、恩恩怨怨如今都随风飘散，只剩下一段说唱让人回味，老顾不禁感慨唏嘘。

不知不觉间，已是曲终人散。老顾直起身子，看了一眼台前的楹联："弦索声声弹古今，吴侬软语话沧桑。"便信步迈出留听阁。荷风贴着水面吹来，让人神清气爽；林子里归鸟的喃语如琴弦上的颤音，舒缓而柔曼；山影、楼影、人影，全被斜阳揉搓于池塘的微澜之中，模糊成梦境一片。

当老顾拎着鸟笼踏上归途时，巷子里便又氤氲起一团团如雾的烟岚，给人以飘飘欲仙之感。

第五辑　品史篇

那方朗月映照与桂花流香的校园

围墙高耸绵延，树木参差蓊郁，阻隔了外面城市璀璨的灯光，也滤去了马路上车来人往的喧嚣，偌大的校园瞬间变得空旷、深邃而宁静；虽然依然不乏周遭城市楼宇、塔台以及夜游园灯火光影的偶尔光顾，也难免琐碎如蚊蝇声般市井噪音的间歇侵袭。

此刻，伫立于小阁楼三层高的阳台上。仰望头顶，深蓝色的苍穹中，纤云未染，一轮新月斜斜地悬挂于漠漠长天的东南隅，远远望去，似乎还一漾一漾地，仿佛被夜风吹动着。月光穿透了城市夜空灿若繁星的灯火，静静地洒落于校园的每一个角落；虽然只是淡淡的，却清澈明净，如同千年圣洁的积雪所融化一般。鼻尖飘来了一阵阵似有若无的馨香，这样的季节，该是桂花的飘香吧？远处的正南方，围墙之外，在苍茫夜色中被月光镀亮着的一片鳞次栉比、黄墙碧瓦的建筑，是孔庙。它本属于这所校园的前身——府学的一部分，如今，却像一位遗世独立的老者，见证着这座古城、这方校园的沧桑与变迁。

月色漫漶，由尊经阁高巍巍的重檐倾斜而下，沿着香樟大道，流淌进泮池、春雨池与碧霞池，激荡起一池池粼粼银波；尔后又漫溢上道山，泼洒入古木参天的树林；最终顺势向着身后的红楼汹涌而去。俯视脚下，楼下的小花园内，居然也蓄积着清清浅浅的一园月光了！脚步便不由自主地被牵引了下去。这是校园内著名的桂花园，与这所学校同龄。不足一亩地的园子，假山旁、池沼边、亭榭前，植满了婆娑摇曳的桂花树。这些桂花树，年龄最小的也已数十岁，最大的则有百年；其中有两课老树，据说已有近千年之久了，是当年府学创办之初，由师生们栽下的。正值桂花盛开季节，朦胧的夜色中，丹桂朱唇轻启含苞欲放，银桂浅笑吟吟才展情怀，金桂灿然盛开热情奔放。而花香更是被这满园的月光所浸润、发酵，在小园里升腾萦绕，尔后溢出园墙，弥漫于整个校园。

桂花依旧，月淡如水。恍惚间，时空便穿越回转到了九百多年之前的大宋景祐二年，即公元1035年的那个秋夜。

时令已是深秋，夜凉渐浓，看看身边的更漏，已近子时。范仲淹端坐于州衙内，望着琐窗之外满院流淌的月光，嗅着阵阵沁入心脾的桂花馨香，陷入了沉思之中。此番来桑梓之地当父母官，本是出乎其意料之外的。当年的春夏之交，苏州大水，城乡一片汪洋。朝廷紧急调遣本在睦州（今浙江淳安）任上，富有治水经验的他到家乡担任知州，以保一方平安。他一到苏州，不顾舟车劳顿，便直奔灾情最为严重的城外的东北部视察。后来，他充分发挥自己十年前于兴化县令任上治理水患的才能，引导地方吏民分洪泄流，生产自救，不到半年工夫，便将苏州治理得井然有序，一如灾前。如今，水患已除，他本可高枕而卧了。可当他回想起治水之初，自己问遍州衙与下属各县衙官吏，以及地方上所有乡绅能人，他们除了大谈经史子集，竟无一人能拿出一个中肯靠谱的治水方略时，不禁深感经世致用人才的匮乏了。而且依据自己多年来在各地主政的经历，他相信此种现象应该是普遍存在的。而这种经世致用人才的培养，光靠京城的太学是远远不够的，至于民间的私塾更是没有可能的。那么能否在州县一级的层面，由地方政府筹资，创办府学与县学来培养呢？这样，既破解了朝廷选拔人才时不教而考的难题，又能为国家与地方储备有用之才，何乐而不为呢？

其实，早在水患正式平息之后的半月之前，范仲淹便已经为心中筹谋已久的苏州府学相中了一块地方。那天午后，他微服私行回了趟位于城内卧龙街中段的灵芝坊（今人民路范庄前）的家宅。临别前，将他送到大门口的兄长幽幽地对他说：咱们范家的老宅太过局促了，是否可以考虑于城内择地扩建下呢？范仲淹听罢，只是与随行的风水先生相视一笑，却并未作答。尔后，他别过家人，便带着一干随从，沿着长长的卧龙街径直向南迤逦而去。傍晚时分，他们来到距离蛇门（今南门）约莫一里地方，不料那位风水先生却突然停下了脚步，指着右手边那一片杂草丛生的空地说：范大人，此乃风水宝地也！如若择此地建宅，定可保后世子孙兴旺发达啊！范仲淹驻足远眺，眼前的这片草木蓊郁的空旷地在夕阳的映照下熠熠生辉。再环视四周的地形地势，蛇门恰似卧龙高翘的额头；蛇门所在的城池之外，两方狭长形的长洲成掎角之势，又如两只峭拔的龙角；而自己所在的这个名叫南园的地方，正处于卧龙的颈部，上贯龙顶，下通龙身，实乃要害之所在。凭着自己早年研究易学的精到造诣，范仲淹深知，此地实乃难得的风水宝地！良久，范仲淹才收回目光，沉吟片刻之后，像是对自己，又像是对一干随从人员意味深长地说：与其一家发达，何如全城兴旺啊！

月光什么时候悄悄地泻进了屋内，在他面前的案几上濡湿了银露露的一摊；其间，还漾着几屑从窗缝中飘来的丹桂，袅袅地似乎正散发着缕缕香气。范仲淹像是受了什么提醒似的，顺手取过案头的砚墨，又徐徐展开纸张。侍立于一旁的书童眼疾手快，赶紧过来研起墨来。于是，他挥毫书写了一封洋洋洒洒的奏章，奏请朝廷让自己在苏州创办府学，以教化地方，为国育才。

不久，得到当朝仁宗皇帝御批恩准，范仲淹终于在自己的家乡创办了大宋朝第一座地方学府——苏州府学（初称州学），并于府学之内专立孔庙，地点就在他亲自相中的风水宝地——南园的那片空地之上。他还专门延请了当时享誉海内的大儒胡瑗为府学教席，具体负责学校教学与管理事宜。在范仲淹的亲自过问下，府学实施分斋式教学，教学内容分为经义与治事二斋。经义斋主要学习儒家经典，有较高的道德与学术修养，旨在培育治国精英；而治事斋侧重学习治兵、水利、算数等实用科目，培养的是各种实用性人才。

此后，范仲淹虽曾出将入相，平定西夏威震边陲，主持朝政推动庆历新政，以名将与名相的面目呈现于世；更以一篇千古名文《岳阳楼记》而名垂青史。但更多的时候却是在贬谪与重用的交替之间，辗转于诸如饶州、润州、邠州、邓州、青州等各地。而每到一地，他都从不计个人荣辱，持之以恒千方百计地兴办府学，以教化民众，为国家培育储备人才。即使到了人生的暮年，身在杭州知州任上的他，不但没有听从再三要求修建家宅的兄长的意见，反而修一封家书与兄长，将家宅捐出，设义庄，办义学，以赡养、教化有志于学的本族与外族的贫寒子弟。

受范仲淹所创办的苏州府学影响，一时间，全国各地的府学与县学便如雨后春笋般纷纷涌现，大宋朝兴起了一股重学兴教之风。而这股风气，更像宁静夜空中那似空气般无处不在的明月清辉，映彻寰宇，流照千古，绵延不绝于此后的历朝历代。

一轮明月已悄然升至中空。周遭城市的灯光似乎黯淡了许多，校园里各处的灯火也次第熄灭了；而月色便更加明亮了。夜风阵阵吹来，园子里的桂花悄无声息地纷纷飘落，不一会儿，地上便累积起薄薄的一小层了。置身于如此美好的夜晚，如此桂花飘香的小园，与如此宁静的校园，心绪便会如夜潮般汹涌澎湃起来。

在我们的文化血脉里，流淌的从来都是历朝历代的士子们蟾宫折桂的绮丽梦想。于是乎，从府学创办之初起，古城的年轻人都以能走进这座校园为荣。时至今日，人们仍以自家或家族中的孩子能入这所学校就读为自豪，并作为在亲朋好友面前夸耀的资本。千百年来，从这所校园中走出去的莘莘学子不计其数，而其中佼佼者们的名姓，如今都被刻录于前面的尊经阁内的碑林上，作为这方校园与这座城市永恒的记忆与荣耀。自然，世世代代古城的人们，也会铭记这座千年府学的始创者范仲淹。他就像一轮明月，永远悬挂于人们的心宇间，光耀千古。而那股绵延至今的兴学重教之风，更像弥漫于这朗月清辉之中的桂花气息，亘古飘香。

此刻，校园宁静而安详。头顶的那轮明月仿佛更圆了。身边的桂花味儿，也似乎更浓了。

苏轼是个感叹号

在中国文化史上，苏轼无疑是一个符号——感叹号，被标记在北宋的册页上。

他二十一岁出川，赴京城参加科考，即以一篇《行赏忠厚之至论》，深得当时文坛泰斗欧阳修的赏识："此人文章他日必独步天下！"

事实证明，苏轼的诗文果真独步天下了！比他足足年长三十岁的欧阳修，是苏轼的第一位伯乐。

他是一位天才与全才。

他的散文著述宏富，风格平易流畅，收放自如，与欧阳修并称"欧苏"。两篇《赤壁赋》传诵千古，使之跻身"唐宋八大家"之列。他的诗歌于平淡之中尽显哲思，充溢睿智。"淡妆浓抹总相宜""不识庐山真面目，只缘身在此山中"之类的妙诗佳句层出不穷，与黄庭坚并称"苏黄"，让他成为宋诗的代表作家。而《水调歌头 明月几时有》《念奴娇 赤壁怀古》更是奠定了他在词坛不可撼动的地位，并成为豪放派的开山祖师。

他精通书法，尤其擅长行书、草书，与黄庭坚、米芾、蔡襄并称"宋四家"。他还深谙绘画，师从文同并与之齐名；画竹是他的最爱，"宁可食无肉，不可居无竹”，尽显其风骨与节气！

诗书画三绝，是古代文士彰显自我才情的终极目标，苏轼就这样实实在在地“绝”了一把。

他是一个有情有义、敢做敢当的真汉子。

密州任上，贵为太守的他意气风发，念及亡妻却是那样的凄切哀怨：“十年生死两茫茫，不思量，自难忘。千里孤坟，无处话凄凉……料得年年断肠处，明月夜，短松冈。”

中秋之夜，孤寂落寞的他借酒浇愁，思念家人竟是那样的情真意切：“转朱阁，低绮户，照无眠。不应有恨，何事长向别时圆？……但愿人长久，千里共婵娟。”

因乌台诗案落难黄州，他曾深得黄州太守闾丘孝终的庇护。这份恩情，他终生不忘。此后每次路过苏州，他必定拜访业致仕归隐故里的恩公。“过姑苏，不游虎丘，不谒闾丘，为二欠事。”

王安石变法，推行新政。丁忧服满还朝的他，亲眼看见新政给百姓带来的损害，便上书反对；于是不容于朝廷，被迫离京外放。王安石变法最终失败，反对派上台。身为礼部郎中的他，看不惯新兴势力矫枉过正，全盘否定新政成果，就又向皇上提出谏议；于是又得罪于新兴势力，被贬外放。他心之所系，乃民生疾苦、社稷安危。那份赤子之心、家国情怀，让他全然抛却了个人得失与荣辱。

他是集儒、释、道于一身的智者和仁者。

他忠实践行“穷则独善其身，达则兼济天下”的儒家宗旨，为官一任，造福一方。在密州整肃吏治，在徐州拓荒造田；于杭州清淤疏浚西湖，以根治水患；于登州护田修筑海堰，以安定民心。

落魄时，他便安于做一介山野农夫，或是将自己放浪于山川湖海之间，并自号东坡居士。“去年东坡拾瓦砾，自种黄桑三百尺。今年对草盖雪堂，日炙风吹面如墨。”谪居黄州五年，他让自己变成了个地地道道的农夫与散人。“日啖荔枝三百颗，不辞常作岭南人。”蛰伏于荒蛮的惠州，他有荔枝自慰。“今到海南，首当作棺，次便作墓。”投荒到海南，他更抱有不归之决心。

他终生笃信禅佛。黄州有佛印，苏州有守钦、智通，杭州更有维琳方丈等得道高僧。禅佛给了他仁厚的品性、豁达大度的胸襟。他信奉禅的基本教义：善有善报，恶有恶报。临终时，侍奉于侧的儿子伤心哽咽，他却劝慰道：“吾生无恶，死必不坠，慎无哭泣。”

儒家学说，是他现实人生的前庭，让他实现治国平天下的人生宏愿。佛道教义，则是他精神世界的后院，给了他理疗心灵创伤的空间与慰藉。

其实，他也是一位有血有肉的普通人。

他喜欢热闹，害怕寂寞；幽居黄州期间，起床如若不见朋友造访，必定把自己送上朋友家门。他无肉不食，尤其喜欢吃红烧肉，还自创了一道流传千古的美食东坡肉。他无酒不欢，每每朋友聚会，必定喝酒划拳，不醉不归。

乌台诗案他下狱近四个月，当听说自己将被处死时，人到中年的他吓得面如土色，并向家人吐露后悔入仕之意。

暮年，六十四岁的他，结束海南流放生活，遇赦北归，于常州见到当年好友给他的画像，不禁百感交集：“心似已灰之木，身如不系之舟。问汝平生功业，黄州惠州儋州。”对自己坎坷人生遭际的愤愤不平与无奈之情，跃然纸上。

阅读苏轼，品味他卓越不凡而又坎坎坷坷的一生，便越发觉得他是中国文化史上的一个感叹号。让人感动不已，使人唏嘘叹息。

品味徐文长，味悠长

古今中外，生前潦倒寂寞，身后却为后人所顶礼膜拜者，屡见不鲜，徐文长就是这样的一位。

徐文长乃大明正德十六年（1521）生人，世居山阴（绍兴）。其父曾任四川夔州府同知，也算官僚门第、富贵世家。可到他那一代，便再无人入仕，比他年长三十来岁的两位同父异母的兄长都改作经商。尤其是那位长兄徐淮，因经商失败而几乎耗尽了所有家资。徐家从此家道中落。他大名徐渭，文长是他的字。只是他系父亲晚年纳妾所生之子，出生后不满百日父亲便去世了。十一岁那年，生母又被嫡母赶出家门，他便归嫡母所抚养，直至十四周岁。

襁褓丧父，幼年夺母，饱受家庭歧视。如此境遇，自然给徐文长的童年蒙上了一层浓重的阴影，也给他的生命打上了灰暗的底色，更养成了其机警敏感与执拗偏激的性格。但成年后的徐文长与当时天下所有年轻士子一样，迷恋功名，渴望步入仕途以建功立业，实现自我价值。二十岁那年，他考秀才未被录取，但并没有因此而泄气，而是抓住复试的机会，给督学官员上书陈情道："学无效验，遂不信于父兄，而况骨肉煎逼，萁豆相燃，日夜旋顾，惟身与影！”终于博得督学大人同情，补录为秀才，取到了科考的资格。也许是造化弄人，科考之门却并没有为他洞开，而是对他关得严严实实地，即使他屡败屡战锲而不舍地花了二十四年光阴，连撞八次，也未打开！如此接二连三不见一丝光亮的沉重打击，彻底摧毁了徐文长博取功名的信心！其间，二十一岁那年，已届婚娶年龄的徐文长又由长兄徐淮作主，议婚于官至典史的同乡人潘克敬家；但因无力献纳聘礼，只得入赘潘家。婚后，又随岳父前往广东阳江县上任，在典史衙内协助处理公文，熟悉官署事宜。这份无奈与屈辱，无疑又给这位自尊敏感的青年士子的心灵伤口上撒了把盐。

从此，徐文长便无心功名，绝意仕途，潜心于书画与戏曲研习之中。其实，徐文长对书画的爱好发轫于青年时期。婚后两年，其妻子不幸染病亡故，于是，徐文长毅然决然告别潘家，返回故里山阴，与萧勉等一帮年轻士子吟诗作赋，研习书画，相交甚欢，被时人称为“越中十子”。后来，为了生计，他又前往苏州经商，结识了画坛大家文徵明，拜师学艺。敏感的天性，超群的悟性，对自然山水草木的钟爱，加之科场失意所带来的巨大反弹——渴望成功，让他格外珍惜这样的机会。在大师的提点下，徐文长的绘画技艺取得了长足的进展。

嘉靖三十七年（1558），三十七岁的徐文长终于迎来了其人生的辉煌期：被时任兵部右侍郎胡宗宪赏识，招至任浙、闽总督幕僚军师。而他也并没有辜负胡宗宪的知遇之恩，为胡总督分析研判抗倭形势。他为总督府起草对倭作战方案，还“身匿兵中，环舟贼垒，度地形为方略”，亲临作战前线。他曾代胡宗宪给朝廷起草《献白鹿表》，得到明世宗的极大赏识，“（胡）公以是益奇之，一切疏记，皆出其手”。可以说，他是以另一种方式入仕，从而去实现他治国平天下的宏愿！

只可惜好景不长，嘉靖四十一年（1562），胡宗宪因受严嵩牵连而倒台，徐文长被迫离开总督府，其快意人生也因此而戛然而止。因担心受到株连，生性本就敏感偏激的他时刻都生活在恐慌之中，以致精神失常而发狂，屡次自残。嘉靖四十五年（1566），他终于在一次狂病发作中因杀妻而被捕入狱。狱中的徐文长身戴枷锁，蓬头垢面；冬天雪积床头，冷得瑟瑟发抖，甚至连朋友送来的食物都被抢走。此刻的徐文长已跌入人生的谷底，而且是万丈深渊。夜深人静之际，面对着铁窗外漏进的月色星辉，蜷缩于牢房乱草堆里的徐文长陷入了沉思。他感觉自己的人生就像一架青藤，一直期望着去攀附某棵大树或是某堵高墙；可靠树树会折，倚墙墙要倒，到头来自己终将落个一败涂地的下场。与其如此，还不如随心所欲地生，自由自在地活；活出生命本该有的样子，活出一个个性鲜明的自我！

七年以后，徐文长终于在挚友张元汴等人的解救下，借万历皇帝大赦天下之机获释，是年他已是五十三岁的老人了。出狱后的徐文长四处游历，著书立说，写诗作画，过着逍遥自在的生活。晚年归居乡里，带着一帮门生晚辈，以作画题诗为业；其诗书画造诣也日益精进，渐臻完美。但因不善治理产业，钱财随手随散；加之疾病缠身，日子越过越穷，只得靠出卖字画度日。“半生落魄已成翁，独立书斋啸晚风。笔底明珠无处卖，闲抛闲掷野藤中。”（《题墨葡萄诗》）其落寞凄凉的心境可见一斑。

万历二十三年（1593），病贫交迫的徐文长在故乡山阴自家的青藤书屋中谢世，时年七十三岁。死前唯有一条狗与之相伴，床上连一铺席子也没有。“几间东倒西歪屋，一个南腔北调人。”这也许是徐文长晚年生活境况与自我评价的高度概括，但更多地却透露出其愤世嫉俗的之慨与孤独落幕之感。

与生前的困顿与落寞相比，身后的徐文长声名显赫。尤其是由终其一生的抑郁之气与天生不羁的艺术禀赋凝聚而成的画作，更是为后人所追捧与膜拜。孤高如郑板桥者，愿做“青藤门下一走狗”；泰斗似齐白石者，甘为其展纸磨墨打下手。人生之得与失、荣与辱，谁人能说得清，道得明呢？

品味徐文长，味悠长。

十全街

秋风乍起，梧桐树叶瑟瑟飘零，飘零成金黄一地。黄昏幽暗的天光里，它们如同天国降临的精灵，翩翩起舞，为十全街又一天的盛装晚会作着曼妙的预热。

街灯亮起来了。十全街睁开迷离的睡眼，打着哈欠，伸着懒腰，舒活舒活腿脚筋骨，终于从白天的沉睡中苏醒了过来。紧接着，商家店铺门楣上、头顶上的霓虹灯也次第绽放起来了，红澄澄、黄灿灿、绿莹莹——整个的是一片荧光闪烁的灯海花丛。而几乎就在同时，楼上楼下店堂内的灯火也全部亮了起来。站在葑门口望去，此时的十全街就像一位盛装而出的女子，娉娉婷婷，笑意盈盈，光彩照人。

光彩照人的佳丽从来都是魅力四射，招引着八方高朋。看，"老贝克"才从海轮上岸，便匆匆赶来与睽违已久的老友"摩根"叙旧，他们端坐于吧台前，在叮当作响的碰杯声里，将一瓶瓶威士忌化作海天风雨中的谈资唾沫，那爽朗的笑声伴随着粗犷的音乐，在整条街面上四处飞溅。"乱世佳人"定是刚从硝烟弥漫的中东地区逃遁而至，左顾右盼的秋波里潜藏着深沉的忧郁，期盼着能在这人间天堂的温柔乡里寻觅些许慰藉。归隐山林的“布依侯”大概尘缘未了，今晚居然也赶热闹来了。你看他一袭青布衫，长须飘飘，才吃完“老苏州私家菜”，又踱进“水天堂”，与三五知己共叙“小城故事”。一对旧日恋人在鞋巴“偶遇”，“伊人”依旧，“红酥手”依旧，只是青春不再，世事沧桑，不禁悲喜交加，感慨万千。新潮的美眉们永远是“罗曼蒂克”的天使，她们从“女人星”做完美容，便急忙赶去与心中的白马王子“八分钟约会”……

更多的是平头百姓、普通顾客。街面上摩肩接踵，熙来攘往。人们自由自在地闲逛着，没有什么目的，也就是随意走走，散心消遣而已。恩恩爱爱的小夫妻，和和美美的三口子，勾颈搭背的哥几个，三五成群的小姐妹。时装店挑挑拣拣，鞋袜店看看试试，首饰行盘亘徘徊。渴了乏了去茶座，懈了倦了喝咖啡。手里拎着大包小包，脸上挂着心满意足。

不觉已是意兴慵懒，灯火阑珊。

灯火阑珊处，网狮园似一位沧桑老者，静静地伫立着，日复一日，寒来暑往。自清朝而民国，从民国到现在，在这位老者眼里，十全街俨然是一位青春永驻的姑苏女子，端庄而风情万种，优雅又深谙世故，含蓄却尽显喜怒哀乐。她笑似牡丹盛开，哭如杏花带雨，幽怨成深巷丁香。

光阴荏苒，流走的是匆匆过客，不老的是十全街。

洗马巷

我供职的学校西面有一条巷子，名叫王洗马巷。东头起始于中街路，曲曲幽幽地向西边逶迤而去，消失在一片人烟稠密的居民区里。

最初被它吸引缘于巷口那一簇木槿花。九月的午后，一场新雨刚过，整个城市清清爽爽的；街道上一改往日的车水马龙，出奇地安静；空气里弥漫着阵阵花叶的清香。我漫不经心地走着，来到了一个岔路口，正下意识地选择着继续前行的路径。猛抬眼，巷口的风火墙脚跟，一簇木槿花开得正浓：墨绿色叶子密密匝匝的，叶面上还滚动着晶莹的雨珠；艳丽的花朵探出叶丛，招摇着，白的素雅，红的娇羞，黄的鲜嫩。一时间，整个古城的俏丽仿佛都被它们诠释得风情万种了！我抬头看看路牌：王洗马巷。

王洗马巷？古代养马的场所？抑或是哪位王姓的洗马官的宅子所在？带着疑惑，我信步走进巷子。巷子静静的，砖块铺地，宽约两米；两旁全是民居，弥漫着浓浓的市井气息，跟古城别的什么寻常巷陌并无两样。巷子两边全是花花绿绿的草木，高高低低错落有致地葱郁着。最灵光的是紧挨着巷边的那些个木槿了，它们有的挤挤挨挨地聚集成一堆，状如少不更事的小姑娘，叫着闹着，将一张张白皙皙、红粉粉、黄灿灿的笑脸天真无邪地绽放；有的在人家的门前站成一圈，以自己修长的身子把那一方方城市中的田圃忠诚地护卫；也有的自由自在地逍遥于墙角，与别的花花草草相伴相亲，尽情游乐，全不顾巷内的岁月流转与巷外的是是非非。

不知不觉间来到一座古建前，正门楣上赫然写着“玄妙精舍”四个大字。极想进去探个究竟，只可惜大门紧闭着，一声声叩问换来的竟是一阵阵木然的失落。转身在门前的一个小游园里坐定，但见一位七十来岁的老者正斜靠在一把藤椅里听评弹，双眼微闭，体态懒散，煞是专注，以至于老半天了也不见其呷一口面前石桌上那壶茶。而断断续续的弦索声里，说书先生声情并茂地演绎着的，仿佛是某一段前朝往事。待其一档评弹欣赏完毕，我便挨过去搭讪。言语间，方知这是一位祖祖辈辈都居住于这条巷子的老苏州，如今儿女们都四散了，只有他和老伴依然厮守于此。向他打听巷名的由来，他告诉我，此巷是古城为数不多的最古老的巷子之一。当年吴王伐越，把西施占为己有，让越王勾践当了自己的马夫。传说勾践当时就被看守居住在这条巷子里，每当吴王要骑马从古城西门金门出城，勾践便在前面牵马而行。后来，这条巷子便被后人命名为“王先马巷”，意为在吴王前面牵马先行。“先”与“洗”古为同音同义词，再后来，此巷便叫作“王洗马巷”了。

老者言之凿凿，我是感慨万千。遥想勾践当年因国小势弱不幸沦为吴王夫差的阶下之囚，受尽屈辱；此后被吴王释放回国，卧薪尝胆励精图治，若干年后竟把吴王夫差给灭了，悉洗前耻。这又不禁让人想起了木槿花，木槿经秋而冬，花落叶衰，看似残枝枯败；但一到来年春天便又神奇地翠叶青青，繁花茂密，而且由春而夏，历夏而秋，蓬蓬勃勃地葱茏个酣畅淋漓，让人叹为观止！这木槿的意志之坚韧、生命力之顽强与意态之淡定，与勾践是何等地相似啊！

回顾周遭，木槿花开。

恍惚觉得，这看似平凡的花儿从遥远的春秋一直开到现在，生生不息。

城隍春申君

周日的午后，在家闲得发闷，夫人提议去城隍庙看看。

出观前街往西，跨过人民路，沿景德路走上十多分钟的路程，右手边便是城隍庙了。庙宇三进三间，煞是宏大气派。里面冷冷清清的，全没想象中的热闹；大概要到庙会的辰光，才会如电视荧屏中所见的那般闹猛吧？循序往里走去，每个殿堂里，所见的都是历代苏州各处的土地或城隍老爷们，一个个正襟危坐，不苟言笑。其次便是道教知识的宣讲了，图文并茂，辅之以实物佐证。

夫人是位信女，对着面前的每一位尊神都双手合十地膜拜，举止极为虔诚。我却难免心生狐疑：城隍城隍，所祭祀的应该是本城的神主。可偌大个苏州城，悠悠两千五百多年的历史，怎么就没有一位主城隍呢？向坐在二进享殿门角边闭目养神的老道讨教，老道沉思良久，淡淡地说：以前好像有一位的，就是春申君，庙宇就在西边的汤家巷里。

我和夫人来了兴致，决定去那边一探究竟。

告别城隍庙，沿着景得路继续往西，过环秀山庄，向北便折进了汤家巷。这是一条充满市井气息的巷子，窄小、喧嚣而有点杂乱。兴许是周末的缘故吧，两边临巷的店铺热闹非凡，小饭馆、理发店、杂货铺、水果坊……林林总总地敞开着，不断地吸纳、倾吐着来来往往的人流。我们侧着身子，小心翼翼地在人流中穿行，并一路打听；最后在一位老苏州的指点下，终于在此巷与王洗马巷的交界处，觅得了春申君庙。

站在门口，仔细打量它的形制，整个建筑黄墙黛石基础，保存完好，虽没有城隍庙那般的气宇轩昂，却也不失凛凛然的王者风范。只是原本的三个大门如今只剩中间一个敞开着，左右两个已被改造成了窗户，我们站在门口，似乎听到里面传来了一阵阵装修的声响，还有两三个进进出出的工人。我暗自高兴：看来这庙宇正作内部修葺呢！穿过门廊径直走到大殿前的天井，除了一口大缸和一鼎硕大的铜香炉与东面墙角一带的一坛花草树木，几乎空无一物，大殿里也是空落落的，只有一位道士模样的老人在打理着里面零碎的物件。上前打听方才得知，这是要搬迁呢。我疑惑了，问：

“是翻修后回迁吗？”

“不回来了。这里要腾出来出租了。”老道幽幽地回答。

我向老道详细询问缘由，方知老道原来是玄妙观的，五年前苏州城隍庙由此地正式搬迁至景德路之际，因为自觉年事已高而又不堪那边的喧闹，便主动要求来此地做看护的。谁知近期此地不知怎么地竟被哪家公司看中了，说是要做什么经营场所，就只能离开了。这不，他还没搬迁完毕呢，外间已经在装修了。说话间，老道一脸的失落与无奈。

听罢老人的诉说，我更是失落加愤懑了！春申君何许人呀？称他为我们这座拥有两千五百年历史古城的再生父母一点也不为过！遥想春秋战国之交，越亡吴，楚又灭越，数百年间兵戈杀伐，阖闾大城几成废墟。后来楚王封吴地给春申君，地域之广涵盖如今的浙北、苏南以及上海等地区。可春申君不是来接受封地享乐的，他是个心念苍生的贵族，他用毕生的精力疏浚河道，重建城池，终于使阖闾大城再现昔日的风采，就连司马迁到达吴地后也不禁感叹道：“盛矣！”正因如此，历代吴地民众立庙祭奠他，把他当作这座城市的城隍老爷。甚至还以地名、江河名来永远怀念他，郊外的黄埭古镇、上海的黄浦江便是最好的例证。而如今有人居然要将这座城市留给他的唯一的一点念想给“出租”了，这是何等让人不堪与揪心的行径哪！

返回到大门前，两棵八百多年高龄的银杏古树依然繁茂苍翠，仿佛是高耸着的这座城市对先贤的浓浓的思念。夫人因为无处膜拜，便对着这两棵古树双手合十，默默祷告。

范老爷子的千古义举

我所在的学校本是一代名相范仲淹的祖宅。如果从 1049 年范仲淹捐祖宅设义庄办义学算起，这所学校可谓苏州历史上最早最古老的学校了。因为自创办之日起便是免费教育，先是本族的范姓子弟，后来便推而广之扩大到其他姓氏的子弟，且不论贫富只要想学的都可以入学，是真正的有教无类。因此，说它是中国义务教育的源头，似乎也不为过。所不同的是，如今我们的义务教育是政府办学，而范义庄则是私人办学；但它又与当下的私立学校又有着本质的区别：不以盈利为目的。

关于范老爷子怎么会想到捐祖宅设义庄办义学的，还有个有意思的传说。说是那一年范老爷子在杭州当知州，正值洪灾暴发加上瘟疫盛行，让范老爷子忧心忡忡。一天晚上，他做了个梦，居然梦见自己家乡苏州的范氏子弟正忍饥挨饿着呢，而且个个目不识丁，十分可怜。梦醒，范老爷子思虑再三，便决定将远在苏州的祖宅捐出作为义庄，以救济族中贫寒子弟，还办起义学，对他们进行免费教学。又因自己忙于公务无法亲为，范老爷子便修家书一封，委托族中长老具体操办此事。为解决经费问题，他还在苏州城西郊外的天平山脚下购置粮田千亩，将田间的出产所得来维持义庄义学的开支，这就是所谓的“义田活族”了。也许真应了一句老话：日有所思，夜有所梦。一个梦居然成就了一桩义举，而且是一桩薪火相传了上千年之久的义举！在各地纷纷将名人故居“复活”，并打着弘扬历史文化的幌子行增收敛财之实的当下，范义庄却依然秉承义学传统，哺育着一代又一代莘莘学子，绵延不绝至今。也许这就是对范仲淹的最好纪念吧？

但假如你想当然地认为，范老爷子一生为官，并一度贵为宰相，一定是家财万贯，所以才有实力行如此之善举，那就大错而特错了。且不说自古至今为官为富者不仁不义的大有人在，即使是有仁有义者也难免有沽名钓誉的嫌疑；更何况范老爷子的确是不富有，甚至可以说是清贫的呢？史载范老爷子因自幼丧父家境贫寒，后随母亲改嫁到山东邹平朱氏，饱受人间冷暖。童年的经历为他日后甘受清贫美德的养成打下了浓重的底色，所以他终其一生都清廉为官。有研究者发现，庆历新政失败以后，朝中有人想借机将范老爷子彻底清洗，上奏弹劾他有贪污嫌疑，于是宋仁宗下令抄家，结果却惊讶地发现范家不但没有贪腐，而且清贫得几近寒酸，于是只得从轻发落，依然将他发配到地方上去当知州。后来，范老爷子便再三告诫其儿子：唯清廉方能远避灾祸。只可惜这样的道理至今能深悟者依然是少之又少！

由此，我就难免产生了更多的联想：当年那些个想要落井下石的弹劾者，大概是以小人之心度君子之腹，以为范老爷子官至宰相，不可能不贪。可他们做梦也没想到，这个既有着苦难童年经历又有着心忧天下情怀的范老爷子竟是如此的清廉！至于范老爷子日后捐祖宅设义庄办义学的行为，恐怕他们连下辈子也不可能理解了。这就是人格的高下之别吧？至于当下那些个台面上信誓旦旦地大肆标榜自己的清廉，私底下却肆无忌惮地贪腐之徒，与范老爷子相比，那更是等而下之了！

据说正是由于有感于范老爷子的人格魅力，仁宗皇帝在老爷子过世后封给了他一个中国历史上极其珍贵稀少的谥号：文正公。作为褒奖，还把整座天平山赐给了范家，作为他家的祖坟所在地。后世，出于种种原因，历代帝王都极其推崇范老爷子。尤其是乾隆皇帝，还曾数次造访天平山范氏祖坟，并御赐“高义园”牌坊。据说当年乾隆爷也驾临过范义庄，所以后人才把义庄门前的那条路叫作篦子街。篦子本是从前女子梳头的一种木制或竹制工具，因其形状极像一个“王”字，为纪念乾隆爷大驾光临，苏州人便含蓄蕴藉地将其命名为篦子街了。至于如今改名为范庄前，那应该是民国以后的事了。

于是又想起了远在洞庭湖畔岳阳楼上的一副对联：“四面湖山归眼底，万家忧乐到心头。”范老爷子正是有了这样的情怀，才会创作出不朽名篇《岳阳楼记》，才会道出“先天下之忧而忧，后天下之乐而乐”的千古绝唱。而他所创办的义庄义学，仅仅是这种情怀的其中一条注脚罢了。

风水宝地

姑苏城内，观前街西北约一里地开外的一条陋巷内，留存有一宅千年古迹，乃北宋名臣范仲淹的祖宅所在，如今则是一所著名的学校：景范中学。景范，乃敬仰范仲淹之意。范仲淹一生在政治、军事、文化与教育等领域均有诸多建树，可供敬仰之处颇多。正因如此，他逝世后，当时的仁宗皇帝赐予了他封建时代至高无上的荣誉：文正公。但作为景范人，恐怕所敬仰的还在于范仲淹舍家宅设义庄办义学的这一千古义举！

北宋仁宗皇祐元年，即公元1049年深秋，已是重疴缠身的范仲淹正在杭州任上做他一生中的最后一任知州，也许是因为他年事已高愈发思念故乡亲人的缘故，也许是因为他自我预感大去之期将不远而意欲最后一次造福桑梓的缘故，他修书一封委托范氏宗族长老，决定将位于姑苏城中心卧龙街（现人民路）西侧的祖宅捐出，设义庄办义学以周济、教化族众，并于城外西郊天平山脚下购置千亩粮田，将田中产出充作义庄义学资费。其实，早在宋仁宗景祐二年，即公元1035年，范仲淹任故乡苏州知州时，他便在卧龙街西边的南园（今苏州中学），设立了苏州州学，并聘请当时的名儒胡瑗为教授，掌管学校事务。但州学毕竟是官府办学，属于精英教育，普通庶民是无法企及的。现在有了义学，贫寒子弟也有了接受教育的机会，这不能不说是一桩功德无量的善举！更为难能可贵的是，义学的施教对象后来还扩大到范氏以外的外姓贫寒子弟。

每每读到这段历史，我常常会情不自禁地遐想：作为一名封建士大夫，范仲淹何以会有如此高古的情怀呢？这要从范仲淹的苦难童年说起了。范仲淹两岁丧父，因为是庶出，又为范家所不容，于是被迫随母亲改嫁到山东邹平朱氏，大约到了他十五岁那年，他在一次与朱氏兄弟的口角中无意间知道了自己的身世，于是愤然离开朱家前往河南澧泉寺发愤苦读，从此走上了学优而仕的道路，并最终认祖归宗。都说人的童年经历会影响其一生的发展，范仲淹童年的不幸经历，便让他拥有了一份顾念黎民苍生的悲悯情怀。义田活族，义学化众，这大概就是范仲淹对这些身处社会最底层民众的最根本的人文关怀。范仲淹的这一义举当时便得到了朝廷的肯定与褒奖，一时间，东南沿海一带兴学之风日盛，各种义学、书院如雨后春笋纷纷涌现。范氏义学影响之广可见一斑。后来，虽经时代嬗变与历史沧桑，但办学之风在范义庄这方土地上却薪火相传，绵延不绝。史载最迟到元代初年，范义庄曾一度改名为文正书院，且规模大增。在范氏后人与地方有识之士的共同努力下，范义庄这块风水宝地以后历代均为办学场所，从无移作他用。

其实，义学也好，书院也罢，都是类似于私塾的一种民间教育机构或场所。我们姑且不论其教育内容如何，单就其教育形式而言，是无比灵动极富创意的：讲会制度，讨论形式：褒贬人物，臧否历史；师生激辩，意气风发。一言以蔽之，是一种思接千载、神游万里、融通古今的“活”的教育。这对于班级授课制背景下弊端百出的当下的基础教育，不能不说是极具启迪意义的！教育的真谛不仅在于让学生“知”，更在于让他们“悟”；知道的都是别人的，悟到的才是自己的。浏览千年前苏州州学与范义庄义学的相关史料，我的眼前仿佛还会浮现出一幕幕莘莘学子体悟先贤圣者真知灼见的场景。他们的举手投足、音容笑貌，栩栩如生，那么真切，又那么灵动！

而我们的先祖对于办学场所的选择也是十分讲究的。传说当年范仲淹任苏州知州时，曾有高人指点，说是南园与范义庄分别处于卧龙街这条神龙的龙首与龙腰，乃风水宝地，故建议范仲淹兴建家宅，则可保世代兴旺富贵。范仲淹听罢，说：与其一家富贵，不如让众人共享富贵。于是，他便先后把这两块风水宝地辟为州学与义学。传说的真伪姑且不论，但范仲淹的情怀我们由此则可见一斑了。而且只要对比下宋代的“平江图”，便不难发现当年的州学与义庄义学所在地，襟带胥江连通太湖，南望排闼青山，北依报恩寺塔，确为风水佳绝之处。

“莼鲈之思”的人生智慧

夜读《世说新语》，得其“识鉴”篇载曰：“张季鹰辟齐王东曹掾，在洛，见秋风起，因思吴中菰菜羹、鲈鱼脍，曰：‘人生贵得适意尔，何能羁宦数千里以要名爵！’遂命驾便归。俄而齐王败，时人皆为见机。”

想来，这便是莼鲈之思的出典吧？但印象中，自古以来为历代文人墨客所津津乐道的莼鲈之思从来都是思乡之情的代名词；而刘义庆在此处却是编入“识鉴”篇中的，意思是这是个供有识之士作借鉴的故事。那么张季鹰的“见识”表现在何处呢？

原来这张季鹰便是张翰，苏州吴江人士，为西晋时掌握朝廷实权的齐王司马冏的幕僚，并深得齐王重用。一个深秋的午后，身居京城洛阳的张翰正端坐自家宅第的书房读书，忽见敞开的南窗吱呀一声自动关闭。他以为是丫环怕他受凉特地关上的，并没有在意；可过了一会儿，窗户却又嘭的一声自动打开了。诧异之余，他踱到窗前想一探究竟，却见窗外风声四起，整个庭院树木萧萧，落叶满地。于是，他索性放下书本，径自来到庭院漫无目的地踱起步来。只见他走走停停，又停停走走，时而极目四望，时而低头沉思，良久，口中念念有词道：

秋风起兮佳景时，吴江水兮鲈鱼肥。

三千里兮家未归，恨难得兮仰天悲。

这便是著名的《思吴江歌》了。自古逢秋悲寂寥，秋风萧瑟，让羁宦京洛多年的张翰不禁悲从中来，此刻，他想起了家乡吴江的温山柔水，想起了四野满地金黄稻熟丰收的景象，想起了太湖碧绿滑腻的莼菜、洁白鲜嫩的茭白和活蹦乱跳的鲈鱼，还有那温情脉脉的慈爱父母、兄弟姐妹与故交知己。秋风肃杀，更让宦海沉浮的张翰有一种不祥的预感，他隐隐觉得一场血雨腥风即将降临。自己所依附的齐王独断朝纲、专横跋扈，其他郡王个个蠢蠢欲动、暗藏杀机，血腥的杀伐随时都可能发生。想自己当年也曾踌躇满，奋力攀爬，经过层层察举，终于跻身政坛。本想大展宏图，兼济天下，造福黎民；怎奈君王暗弱，朝臣弄权，军阀割据，全然不顾民生疾苦。如此恶劣的环境，让微如草芥的自己如之奈何？也罢也罢，不如及早引退，另作他图！想到这里，他转身返回书房，立马挥毫草就一纸辞呈，又当即差人送至齐王案头。第二天，张翰便轻车简从，带着妻儿逃也似的返回了家乡吴江。

不到一月时间，果真从京洛传来了齐王兵败被杀，其亲戚属僚悉遭株连杀戮的消息。僻居家乡吴江的张翰惊恐之余，不禁暗自庆幸自己当初的明智之举。此后，张翰不问政治，利用其名门望族的声望在家乡帮助乡亲修水利、事农桑、修桥补路，闲暇之余便吟诗作赋，直至终老。

作为西晋名人的张翰的这一举动，对后世官宦文人，尤其是苏州士子的影响是十分深远的。东晋陶渊明不为五斗米折腰，挂印辞官，隐居庐山南麓，种豆赏菊；盛唐王摩诘亦官亦隐，逍遥终南山中，与清泉松竹为伴；南宋范成大自号石湖居士，遁迹太湖之滨，过着渔樵生活……他们秉持穷则独善其身，达则兼济天下的人生信念，居庙堂之高就为民请命，造福苍生；处江湖之远，就修身养性，钩深致远。可以说，儒家的积极入世，建功立业是他们人生的前庭，道家的趋利避害、怡情山水则是他们生活的后院。苍茫尘世间，人生路途上，他们悠游自如，进退有度。他们儒道兼修，是生活的智者！

而这方面的杰出代表，当数同为苏州人的明代大学生王鏊。王鏊是洞庭东山陆巷村人，他从小聪颖异常，八岁能读经史，十二岁能作诗。明成化十年（1474），王鏊在乡试中取得第一名“解元”。翌年，会试又取得第一名“会元”。一时盛名天下。他历任侍讲学士、少詹事。正德元年（1506）擢吏部右侍郎、累进户部尚书、文渊阁大学士。次年，加少傅兼太子太傅。明世宗时，宦官刘谨弄权，大批忠良惨遭诬陷，作为当朝宰相的王鏊凭借自己的威望与智慧从中周旋，巧妙地保护了大批忠臣良将。同时，他又不停地向世宗进谏，并试图规劝刘谨，均无果而终。失望之余，王鏊毅然称病归隐故乡洞庭东山。当时的东山还是茫茫太湖中的孤岛，山民与外界的联系必须依赖水运。王大学士便带领家乡父老修山路，筑码头，建村庄，授蒙童，泽被乡里，深得乡亲爱戴。晚年，他还著书立说，计有《姑苏志》《震泽集》《震泽长语》等多部作品。就连他的同代同乡性情孤傲的唐伯虎也赞美他道：“天下文章第一，山中宰相无双。”

人生贵有智，进退皆自如。其实，进也罢，退也罢，我们的先贤们，都在以不同的方式造福民众，奉献社会；因而他们的人生总是熠熠生辉的。